新　潮　文　庫

職業としての小説家

村 上 春 樹 著

新　潮　社　版

10594

職業としての小説家 ＊ 目次

第一回　小説家は寛容な人種なのか　9
第二回　小説家になった頃　33
第三回　文学賞について　61
第四回　オリジナリティーについて　87
第五回　さて、何を書けばいいのか？　117
第六回　時間を味方につける――長編小説を書くこと　145
第七回　どこまでも個人的でフィジカルな営み　177

第八回　学校について　209
第九回　どんな人物を登場させようか？　237
第十回　誰のために書くのか？　265
第十一回　海外へ出て行く。新しいフロンティア　295
第十二回　物語のあるところ――河合隼雄先生の思い出　327
あとがき　340

職業としての小説家

第一回　小説家は寛容な人種なのか

小説について語ります、というと最初から話の間口が広くなりすぎてしまいそうなので、まずとりあえず小説家というものについて語ります。その方が具体的だし、目にも見えるし、比較的話が進めやすいのではないかと思います。

僕が見るところをごく率直に言わせていただきますと、小説家の多くは――もちろんすべてではありませんが――円満な人格と公正な視野を持ち合わせているとは言いがたい人々です。また見たところ、あまり大きな声では言えませんが、賞賛の対象にはなりにくい特殊な性向や、奇妙な生活習慣や行動様式を有している人々も、少なからずおられるようです。そして僕も含めてたいていの作家は（だいたい九二パーセントくらいじゃないかと僕は踏んでいるのですが）、それを実際に口に出すか出さないかは別にして、「自分がやっていること、書いているものがいちばん正しい。特別な例外は別にして、他の作家は多かれ少なかれみんな間違っている」と考え、そのような考えに従って日々の生活を送っています。こうした人々を友人や隣人として持ちたいと望む人は、ごく控えめに表現して、それほど数多くないのではないでしょうか。

作家同士が篤い友情を結ぶという話をときどき耳にしますが、僕はそういう話を聞くと、だいたい眉に唾をつけます。そういうこともあるいはあるのかもしれないけれど、本当に親密な関係はそんなに長くは続かないんじゃないかと。作家というのは基本的にエゴイスティックな人種だし、やはりプライドやライバル意識の強い人が多い。作家同士を隣り合わせると、うまくいく場合より、うまくいかない場合の方がずっと多いです。僕自身、何度かそういう経験をしています。

有名な例ですが、一九二二年にパリのあるディナー・パーティーで、マルセル・プルーストとジェームズ・ジョイスが同席したことがあります。でも二人はすぐ近くにいたにもかかわらず、最後までほとんどひとことも口をきかなかった。まわりの人々は、二十世紀を代表する二人の大作家がどんな話をするんだろうと、固唾を呑んで見守っていたのですが、きれいに空振りに終わってしまいました。お互い自負心のようなものが強かったのでしょうね。よくある話です。

しかしそれにもかかわらず、職業領域における排他性ということに関していえば——簡単に言えば「縄張り」意識に関してはということですが——小説家くらい広い心を持ち、寛容さを発揮する人種はほかにちょっといないのではないかという気がします。そしてそれは小説家が共通して持っている、どちらかといえば数少ない美点のひとつではあるまいかと、僕は常々考えています。

もう少しわかりやすく具体的に説明しましょう。

仮にある小説家が歌がうまくて、歌手としてデビューしたとします。あるいは絵心があって、画家として作品を発表し始めたとします。その作家はまず間違いなく、行く先々で少なからぬ抵抗を受け、また揶揄嘲笑（やゆちょうしょう）の類（たぐい）を浴びせられることになるでしょう。「調子にのって場違いなことをして」とか「素人（しろうと）芸で、それだけの技術も才能もないのに」みたいなことをきっと世間で言われるでしょうし、専門の歌手や画家からは冷たくあしらわれることになりそうです。ひょっとしたら意地悪くらいされるかもしれません。少なくとも先々で「やあやあ、よく来たね」みたいな温かい歓迎を受けることはほとんどないはずです。もしあったとしてもそれはきわめて限定された場所における、きわめて限定されたかたちのものになることでしょう。

僕は自分の小説を書く傍ら、これまで三十五年ばかり積極的に英米文学の翻訳をしてきましたが、最初の頃は（あるいは今でもまだそうなのかもしれませんが）けっこう風当たりがきつかったみたいです。「翻訳というのは素人が手を出すような簡単なものじゃない」とか「作家の翻訳なんてはた迷惑な道楽だ」みたいなことをあちこちで言われたみたいです。

また『アンダーグラウンド』という本を書いたときは、ノンフィクションを専門とする作家たちからおおむね厳しい批判を受けました。「ノンフィクションのルールを知らない」とか「安っぽいお涙頂戴だ」とか「お手軽な旦那芸だ」等々さまざまな批判を受けました。僕はいわゆるジャンル的「ノンフィクション」ではなく、あくまで自分なりに考える文字通りの「非フィクション」というか、要するに「フィクションではない作品」を書いたつもりだったのですが、結果的にどうやら「ノンフィクション」という「聖域」の番をしている虎たちの尻尾を踏んづけてしまったようでした。そんなものが存在するなんて知らなかったし、だいたいノンフィクションに「固有のルール」があるなんて考えたこともなかったので、最初のうちはずいぶん面食らったものですが。

かくのごとく、なにごとによらず専門外のことに手を出すと、その分野を専門とする人々からはまず良い顔をされません。白血球が体内の異物を排除しようとするかのように、そのアクセスをはねつけようとします。それでもめげずにしつこくやっていれば、そのうちにだんだん「まあしょうがないな」という感じで黙認され、同席を許されてはくるみたいですが、少なくとも最初のうちはずいぶん風当たりがきつい。「その分野」が狭ければ狭いほど、専門的であればあるほど、そして権威的であればあるほど、人々のプライドや排他性も強く、そこで受ける抵抗も大きくなるようです。

ところがその逆の場合、たとえば歌手や画家が小説を書いたとして、あるいは翻訳者やノンフィクション作家が小説を書いたとして、小説家はそのことで嫌な顔をするでしょうか？　たぶんしないと思います。実際に歌手や画家が小説を書き、翻訳者やノンフィクション作家が小説を書き、それらの作品が高い評価を受ける場合も少なからず見受けられます。しかしそれで小説家が「素人が勝手なことをしやがって」と腹を立てたというような話は聞きません。悪口を言ったり、揶揄したり、意地悪をして足をすくったりするようなことも、少なくとも僕が見聞きした限りにおいては、あまりないようです。それよりはむしろ、専門外の人に対する好奇心がかきたてられ、機会があれば顔を合わせて小説の話をしたり、時には励ましたりしたいと思うのではないでしょうか。

もちろん陰で作品の悪口を言ったりする程度のことはあるかもしれませんが、それは小説家同士でも日常的にやっていることであり、言うなれば通常営業行為であって、異業種参入とはとくに関係がありません。小説家という人種には数多くの欠陥が見受けられるけれど、誰かが自分の縄張りに入ってくることに関しては概して鷹揚であり、寛容であるみたいです。

それはどうしてでしょう？

僕の思うところ、答えはかなりはっきりしています。小説なんて——「小説なんて」という言い方はいささか乱暴ですが——書こうと思えばほとんど誰にだって書けるからです。たとえばピアニストやバレリーナとしてデビューするには、小さな子供の頃からの長く苦しい訓練が必要です。画家になるにも、ある程度の専門知識と基礎的な技術が必要とされます。だいたい画材をひととおり買い揃える必要があります。アルピニストになるには人並みではない体力とテクニックと勇気が要求されます。

しかしながら小説なら、文章が書けて（たいていの日本人には書けるでしょう）、ボールペンとノートが手元にあれば、そしてそれなりの作話能力があれば、専門的な訓練なんて受けなくても、とりあえずは書けてしまいます。というか、いちおう小説というかたちにはなってしまいます。大学の文学部に通う必要もありません。小説を書くための専門知識なんて、まああってないようなものですから。

少しでも才能のある人なら、最初から優れた作品を書くことだって不可能ではありません。自分のケースを実例として持ち出すのはいささか気が引けるのですが、たとえばこの僕にしたって、小説を書くための訓練を受けたことなんてまったくありません。いちおう大学の文学部映画演劇科というところに行きましたが、時代的なこともあって、ほとんど何ひとつ勉強せず、髪を長くして、髭をはやして、汚いかっこうをして、そのへんをふらふらしていただけでした。作家になろうというつもりもとくになく、習作を書き散らすこともなく、ある日ふと思いついて『風の歌を聴け』という最初の小説（みたいなもの）を書き上げ、文芸誌の新人賞をとりました。そしてよくわからないまま職業的作家になってしまいました。「こんなに簡単でいいのだろうか？」と自分でも思わず首をひねってしまったくらいです。いくらなんでも簡単すぎる。

こういうことを書くと、「文学をなんと心得る」と不快に思われる方もおられるかもしれませんが、僕はあくまでものごとの基本的なあり方について語っているだけです。小説というのは誰がなんと言おうと、疑いの余地なく、とても間口の広い表現形態なのです。そして考えようによっては、その間口の広さこそが、小説というものの持つ素朴で偉大なエネルギーの源泉の、重要な一部ともなっているのです。だから「誰にでも書ける」というのは、僕の見地からすれば、小説にとって誹謗ではなく、むしろ褒め言葉になるわけです。

　つまり小説というジャンルは、誰でも気が向けば簡単に参入できるプロレス・リングのようなものです。ロープも隙間が広いし、便利な踏み台も用意されています。リングもずいぶん広々としています。参入を阻止しようと控えている警備員もいませんし、レフェリーもそれほどうるさいことは言いません。現役レスラーの方も——つまりこの場合は小説家にあたるわけですが——そのへんのところは初めからある程度あきらめていて、「いいから、誰でもどんどん上がっていらっしゃい」という気風があります。風通しがいいというか、イージーというか、融通が利くというか、要するにかなりアバウトなのです。

　とはいえ、リングに上がるのは簡単でも、そこに長く留まり続けるのは簡単ではありません。小説家はもちろんそのことをよく承知しています。小説をひとつふたつ書くのは、それほどむずかしくはない。しかし小説を長く書き続けること、小説を書いて生活していくこと、小説家として生き残っていくこと、これは至難の業です。普通の人間にはまずできないことだ、と言ってしまっていいかもしれません。そこには、なんと言えばいいのだろう、「何か特別なもの」が必要になってくるからです。それなりの才能はもちろん必要ですし、そこそこの気概も必要です。また、人生のほかのいろんな事象と同じように、運や巡り合わせも大事な要素になります。しかしそれにも増して、そこにはある種の「資格」のようなものが求められます。これは備わっている人には備わっているし、備わっていない人には備わっていません。もともとそういうものが備わっている人もいれば、後天的に苦労して身につける人もいます。

この「資格」についてはまだ多くのことは知られていないし、正面切って語られることも少ないようです。それはおおむね、視覚化も言語化もできない種類のものだからです。しかし何はともあれ、小説家であり続けることがいかに厳しい営みであるか、小説家はそれを身にしみて承知しています。

だからこそ小説家は、異なった専門領域の人がやってきて、ロープをくぐり、小説家としてデビューすることに対して、基本的に寛容で鷹揚であるのではないでしょうか。「さあ、来るんならいらっしゃい」という態度を多くの作家はとっています。あるいは誰が新たにやってきたとしても、とくに気には留めません。もし新参者がそのうちにリングから振るい落とされれば、あるいは自分から降りていけば（そのどちらかが大半のケースなのですが）、「お気の毒に」とか「お元気で」とかいうことになりますし、もし彼なり彼女なりががんばってリングにしっかり残ったとすれば、それはもちろん敬意に値することです。そして敬意はおおむね公正に、正当に払われることでしょう（というか、払われることを願っています）。

小説家が寛容であることには、文学業界がゼロサム社会ではないということも、いくぶん関係しているかもしれません。つまり新人作家が一人登場したからといって、その代わりに前からいた作家が一人職を失うということは（まず）ないということです。少なくともあからさまなかたちでは起こりません。プロ・スポーツの世界とは、そういうところが決定的に違います。新人選手が一人チームに入ったからオールドタイマーや、なかなか目のでない新人が一人自由契約になる、枠外に去る、というようなことは文学の世界にはまず見受けられません。またある小説が十万部売れたから、ほかの小説の売り上げが十万部落ちてしまった、というようなこともありません。むしろ新しい作家の本が売れることによって小説全体が活況を呈し、業界全体が潤うという場合だってあるのです。

しかし、にもかかわらず、長い時間軸をとってみれば、ある種の自然淘汰は適宜おこなわれているようです。いくら広々としているとはいえ、そのリングにはおそらく適正人数というものがあるのでしょう。あたりをぐるりと見渡して、そういう印象を持ちます。

僕はもうこれでなんのかんの、三十五年以上にわたって小説を書き続け、専業作家として生計を立てています。つまり「文芸世界」というリングの上になんとか三十数年留まっている、昔風に表現すれば「筆一本で食べている」ということになります。まあ狭い意味あいにおいてはひとつの達成と言っていいかもしれません。

その三十数年のあいだに、ずいぶん多くの人々が新人作家としてデビューするのを目にしてきました。少なからざる数の人々は、あるいはその作品は、その時点でかなり高い評価を受けました。評論家の賞賛を受け、様々な文学賞をとり、世間の話題にもなり、本も売れました。将来を嘱望されもしました。つまり脚光を浴び、壮麗なテーマ・ミュージックつきで、リングに上ってきたのです。

しかし二十年前、三十年前にデビューした中で、いったいどれくらいの人が現在もアクチュアルな現役小説家として活動しているかといえば、その数は正直言ってあまり多くありません。というか、実際にはかなり少数です。多くの「新進作家」たちが知らない間に静かにどこかに消えていきました。あるいは——むしろこちらの方がケースとしては多いのかもしれませんが——小説を書くことに飽きて、あるいは小説を書き続けることが面倒になって、よその分野に移っていきました。そして彼らの書いた作品の多くは——当時はそれなりに話題になり、脚光を浴びたものですが——今ではおそらく一般書店で入手することがむずかしいかもしれません。小説家の定員数は限られていませんが、書店のスペースは限られているからです。

僕は思うのですが、小説を書くというのは、あまり頭の切れる人に向いた作業ではないようです。もちろんある程度の知性や教養や知識は、小説を書く上で必要とされます。この僕にだって最低限の知性や知識は備わっていると思います。おそらくというか、たぶん。本当に間違いなくそうなのかと正面切って尋ねられると、もうひとつ自信はありませんが。

しかしあまりに頭の回転の素早い人は、あるいは人並み外れて豊富な知識を有している人は、小説を書くことには向かないのではないかと、僕は常々考えています。小説を書く――あるいは物語を語る――という行為はかなりの低速、ロー・ギアでおこなわれる作業だからです。実感的に言えば、歩くよりはいくらか速いかもしれないけど、自転車で行くよりは遅い、というくらいのスピードです。意識の基本的な動きがそのような速度に適している人もいるし、適していない人もいます。

小説家は多くの場合、自分の意識の中にあるものを「物語」というかたちに置き換えて、それを表現しようとします。もともとあったかたちと、そこから生じた新しいかたちの間の「落差」を通して、その落差のダイナミズムを梃子のように利用して、何かを語ろうとするわけです。これはかなりまわりくどい、手間のかかる作業です。

　自分の頭の中にある程度、鮮明な輪郭を有するメッセージを持っている人なら、それをいちいち物語に置き換える必要なんてありません。その輪郭をそのままストレートに言語化した方が話は遥かに早いし、また一般の人も理解しやすいはずです。小説というかたちに転換するには半年くらいかかるかもしれないメッセージや概念も、そのままのかたちで直接表現すれば、たった三日で言語化できてしまうかもしれません。あるいはマイクに向かって思いつくがままにしゃべれば、十分足らずで済んじゃうかもしれません。頭の回転の速い人にはもちろんそういうことができます。聞いている人も「なるほどそういうことか」と膝を打つことができる。要するに、それが頭がいいということなのですから。

　また知識の豊富な人なら、わざわざ物語というようなファジーな、あるいは得体の知れない「容れ物」を持ち出す必要もありません。あるいはゼロから架空の設定を立ち上げる必要もありません。手持ちの知識をうまく論理的に組み合わせ言語化すれば、人々はすんなり納得し、感心することでしょう。

　少なくない数の文芸評論家が、ある種の小説なり物語なりを理解できない——あるいは理解できたとしても、その理解を有効に言語化・論理化できない——理由はおそらくそのへんにあるのかもしれません。彼らは一般的に言って、小説家に比べて頭が良すぎるし、頭の回転が速すぎるのです。つまり物語というスローペースなヴィークル（乗り物）に、うまく身体性を合わせていくことができないのです。だから往々にして、テキストの物語のペースを自分のペースにいったん翻訳し、その翻訳されたテキストに沿って論を興していくことになります。そういう作業が適切である場合もあれば、あまり適切ではない場合もあります。うまくいく場合もあれば、あまりうまくいかない場合もあります。とくにそのテキストのペースがただのろいだけではなく、のろい上に重層的・複合的である場合には、その翻訳作業はますます困難なものになり、翻訳されたテキストは歪んだものになってしまいます。

それはともかく、頭の回転の速い人々、聡明な人々が——その多くは異業種の人々ですが——小説をひとつかふたつ書き、そのままどこかに移動していってしまった様子を僕は何度となく、この目で目撃してきました。彼らの書いた作品は多くの場合「よく書けた」才気のある小説でした。いくつかの作品には新鮮な驚きもありました。しかし彼らが小説家としてリングに長く留まることは、ごく少数の例外を別にして、ほとんどありませんでした。「ちょっと見学してそのまま出ていった」というような印象すら受けました。

あるいは小説というのは、多少文才のある人なら、一生に一冊くらいはわりにすらっと書けちゃうものなのかもしれません。またそれと同時に聡明な人たちはおそらく小説を書くという作業に、期待したほどメリットを発見できなかったのでしょう。ひとつかふたつ小説を書いて、「ああ、なるほど、こういうものなのか」と納得して、そのままよそに移っていったのだと推測します。これならほかのことをやった方が効率がいいじゃないか、と思って。

僕にもその気持ちは理解できます。小説を書くというのは、とにかく実に効率の悪い作業なのです。それは「たとえば」を繰り返す作業です。ひとつの個人的なテーマがここにあります。小説家はそれを別の文脈に置き換えます。「それはね、たとえばこういうことなんですよ」という話をします。ところがその置き換え(パラフレーズ)の中に不明瞭(ふめいりょう)なところ、ファジーな部分があれば、またそれについて「それはね、たとえばこういうことなんですよ」という話が始まります。その「それはたとえばこういうことなんですよ」というのがどこまでも延々と続いていくわけです。限りのないパラフレーズの連鎖です。開けても開けても、中からより小さな人形が出てくるロシアの人形みたいなものです。これほど効率の悪い、回りくどい作業はほかにあまりないんじゃないかという気さえします。最初のテーマがそのまますんなりと、明確に知的に言語化できてしまえれば、「たとえば」というような置き換え作業はまったく不必要になってしまうわけですから。極端な言い方をするなら、「小説家とは、不必要なことをあえて必要とする人種である」と定義できるかもしれません。

しかし小説家に言わせれば、そういう不必要なところ、回りくどいところにこそ真実・真理がしっかり潜んでいるのだということになります。なんだか強弁しているみたいですが、小説家はおおむねそう信じて自分の仕事をしているものです。だから「世の中にとって小説なんてなくたってかまわない」という意見があっても当然ですし、それと同時に「世の中にはどうしても小説が必要なのだ」という意見もあって当然なのです。それは念頭に置く時間のスパンの取り方にもよりますし、世界を見る視野の枠の取り方にもよります。より正確に表現するなら、効率の良くない回りくどいものと、効率の良い機敏なものとが裏表になって、我々の住むこの世界が重層的に成り立っているわけです。どちらが欠けても（あるいは圧倒的劣勢になっても）、世界はおそらくいびつなものになってしまいます。

あくまで僕の個人的な意見ではありますが、小説を書くというのは、基本的にはずいぶん「鈍臭い」作業です。そこにはスマートな要素はほとんど見当たりません。一人きりで部屋にこもって「ああでもない、こうでもない」とひたすら文章をいじっています。机の前で懸命に頭をひねり、丸一日かけて、ある一行の文章的精度を少しばかり上げたからといって、それに対して誰が拍手をしてくれるわけでもありません。誰が「よくやった」と肩を叩いてくれるわけでもありません。自分一人で納得し、「うんうん」と黙って肯くだけです。本になったとき、その一行の文章的精度に注目してくれる人なんて、世間にはただの一人もいないかもしれません。小説を書くというのはそんな作業なのです。やたら手間がかかって、どこまでも辛気くさい仕事なのです。

世の中には一年くらいかけて、長いピンセットを使って、瓶の中で細密な船の模型を作る人がいますが、小説を書くのは作業としてはそれに似ているかもしれません。僕は手先が不器用だし、とてもそこまで面倒なことはできませんが、それでも本質の部分では共通するところがあるかもしれないと思います。長編小説ともなれば、そのような細かい密室での仕事が来る日も来る日も続きます。ほとんど果てしなく続きます。この手の作業がもともと性にあった人でないと、あるいはそれほど苦にしない人でないと、とても長く続けられるものではありません。

子供の頃何かの本で、富士山を見物に出かけた二人の男についての話を読んだことがあります。二人ともそれまで富士山というものを目にしたこともありません。頭の良い方の男は富士山を麓（ふもと）のいくつかの角度から見ただけで、「ああ、富士山というのはこういうものなんだ。なるほど、こういうところが素晴らしいんだ」と納得してそのまま帰って行きます。とても効率がいい。話が早い。ところがあまり頭の良くない方の男は、そんなに簡単には富士山を理解できませんから、一人であとに残って、実際に自分の足で頂上まで登ってみます。そうするには時間もかかるし、手間もかかります。体力を消耗して、へとへとになります。そしてその末にようやく「そうか、これが富士山というものなのか」と思います。理解するというか、いちおう腑（ふ）に落ちます。

小説家という種族は（少なくともその大半は）どちらかといえば後者の、つまり、こう言ってはなんですが、頭のあまり良くない男の側に属しています。実際に自分の足を使って頂上まで登ってみなければ、富士山がどんなものか理解できないタイプです。というか、それどころか、何度登ってみてもまだよくわからない、あるいは登ればほどますますわからなくなっていく、というのが小説家のネイチャーなのかもしれません。そうなるとこれはもう「効率以前」の問題ですね。どう転んでも、頭の切れる人にはできそうにないことです。

だから小説家は、異業種の才人がある日ふらりとやってきて小説を書き、それが評論家や世間の人々の注目を浴び、ベストセラーになったとしても、さして驚きはしません。脅威を感じたりすることもまずありません。ましてや腹を立てたりもしません（と思います）。なぜならそのような人々が、小説を長期間にわたって書き続けるのは稀なケースであることを、小説家は承知しているからです。才人には才人のペースがあり、知識人には知識人のペースがあり、学者には学者のペースがあります。そしてそういう人たちのペースはおおかたの場合、長いスパンをとってみれば、小説の執筆には向いていないみたいです。

もちろん職業的小説家の中にだって才人と呼ばれる人はいます。頭の切れる人もいます。ただ世間的に頭が切れるというだけではなく、小説的にも頭の切れる人です。しかし僕の見たところ、そのような頭の切れだけでやっていける年月は――わかりやすく「小説家としての賞味期限」と言っていいかもしれませんが――せいぜい十年くらいのものではないでしょうか。それを過ぎれば、頭の切れに代わる、より大ぶりで永続的な資質が必要とされてきます。言い換えるなら、ある時点で「剃刀の切れ味」

を「鉈(なた)の切れ味」に転換することが求められるのです。そして更には「鉈の切れ味」を「斧(おの)の切れ味」へと転換していくことが求められます。そのようないくつかの転換ポイントをうまく乗り越えられた人は、作家として一段階大柄になり、おそらく時代を超えて生き残っていきます。乗り越えられなかった人は多かれ少なかれ、途中で姿を消して――あるいは存在感を薄めて――いくことになります。あるいは頭の切れる人が落ち着くべき場所に、すんなりと落ち着いていきます。

そして小説家にとって「落ち着くべき場所にすんなり落ち着く」というのは、率直に言わせていただければ、「創造力が減退する」のとほとんど同義なのです。小説家はある種の魚と同じです。水中で常に前に向かって移動していなければ、死んでしまいます。

というわけで僕は、長い年月飽きもせずに（というか）小説を書き続けている作家たちに対して――つまり僕の同僚たちに対して、ということになりますが――一様に敬意を抱いています。当然のことながら、彼らの書く作品のひとつひとつについては個人的な好き嫌いはあります。でもそれはそれとして、二十年、三十年にもわたって職業的小説家として活躍し続け、あるいは生き延び、それぞれに一定数の読者を獲得している人たちには、小説家としての、何かしら優れた強い核（コア）のようなものが備わっているはずだと考えるからです。小説を書かずにはいられない内的なドライブ。長期間にわたる孤独な作業を支える強靭（きょうじん）な忍耐力。それは小説家という職業人としての資質、資格、と言ってしまっていいかもしれません。

　小説をひとつ書くのはそれほどむずかしくない。優れた小説をひとつ書くのも、人によってはそれほどむずかしくない。簡単だとまでは言いませんが、できないことではありません。しかし小説をずっと書き続けるというのはずいぶんむずかしい。誰にもできることではない。そうするには、さっきも申し上げましたように、特別な資格のようなものが必要になってくるからです。それはおそらく「才能」とはちょっと別のところにあるものでしょう。

　じゃあ、その資格があるかどうか、それを見分けるにはどうすればいいか？　答えはただひとつ、実際に水に放り込んでみて、浮かぶか沈むかで見定めるしかありません。乱暴な言い方ですが、まあ人生というのは本来そういう風にできているみたいです。それにだいたい小説なんか書かなくても（あるいはむしろ書かないでいる方が）、人生は聡明に有効に生きられます。それでも書きたい、書かずにはいられない、という人が小説を書きます。そしてまた、小説を書き続けます。そういう人を僕はもちろん一人の作家として、心を開いて歓迎します。
リングにようこそ。

第二回　小説家になった頃

僕が文芸誌「群像」の新人文学賞を取り、作家としてデビューしたのは三十歳のときですが、その頃にはいちおう、もちろん十分とは言えないまでも、それなりの人生経験を積んでいました。それは普通の人、平均的な人とはいささか趣を異にする種類の人生経験でした。普通の人はまず学校を卒業し、それから職に就き、そのあと少し間を置いて、一段落してから結婚するようです。僕だってもともとはそうするつもりでいました。というか、そういうことになるんだろうと大まかに考えていました。それがまあ世間一般の、当たり前の順番だから。そして常識に逆らってやろうというような大それた気持ちを、僕は（良くも悪くも）ほとんど持ち合わせていませんでしたから。でも実際には、僕はまずとりあえず結婚し、それから必要に駆られて仕事を始め、そのあとでようやく学校を卒業することになりました。つまり通常の手順とは、順番がまるっきり反対になっています。成り行きというか、なんとなくなってしまったというか、人生の段取りはなかなか予定通りには運ばないものです。

そういうわけで、とにかく最初に結婚したんですが（どうして結婚なんかしたのか、説明するとずいぶん長くなるので省きます）、会社に就職するのがいやだったので（どうして就職するのがいやだったのか、これも説明するとずいぶん長くなるので省きます）、自分の店を始めることにしました。ジャズのレコードをかけて、コーヒーやお酒や料理を出す店です。僕は当時ジャズにどっぷりのめり込んでいたので（今でもよく聴いていますが）、とにかく朝から晩まで好きな音楽を聴いていられればいいや、というとても単純な、ある意味気楽な発想でした。でも学生結婚している身だから、もちろん資本金なんてありません。だから奥さんと二人で、三年ばかり仕事をいくつかかけもちでやって、なにしろ懸命にお金を貯めました。そしてあらゆるところからお金を借りまくった。そうやってかき集めたお金で、国分寺の駅の南口に店を開きました。それが一九七四年のことです。

ありがたいことに、その頃は若い人が一軒の店を開くのに、今みたいに大層なお金はかかりませんでした。だから僕と同じように「会社に就職したくない」「システムに尻尾を振りたくない」みたいな考え方をする人たちが、あちこちに小さな店を開いていました。喫茶店やレストランや雑貨店、書店。うちの店のまわりにも、僕らと同じくらいの世代の人がやっている店がいくつもありました。学生運動崩れ風の血の気の多い連中も、そこらへんにうろうろしていました。世の中全体にまだ「隙間」みたいなものがけっこう残っていたんだと思います。そして自分に合った隙間をうまく見つければ、それでなんとか生き延びていくことができた。なにかと荒っぽくはあったけれど、それなりに面白い時代でした。

僕が昔うちで使っていたアップライト・ピアノを持ってきて、週末にはライブをやりました。武蔵野近辺にはジャズ・ミュージシャンがたくさん住んでいたから、安いギャラでもみんな（たぶん）快く演奏してくれた。向井滋春さんとか、高瀬アキさんとか、杉本喜代志さんとか、大友義雄さんとか、植松孝夫さんとか、古澤良治郎さんとか、渡辺文男さんとか、これは楽しかったですね。彼らの方も僕の方も、みんな若くてやる気まんまんだったし。まあお互い、残念ながらほとんどお金にはなりませんでしたが。

好きなことをしているとはいえ、ずいぶん借金を抱えていたので、それを返済していくのが大変でした。銀行からも借りていたし、友だちからも借りていた。でも友だちから借りたぶんはすべて、数年できちんと利子を付けて返済しました。毎日朝から晩まで働き、食べるものもろくに食べないでちゃんと返した。当たり前のことですけど。当時は僕らは——僕らというのは僕と奥さんのことですが——ずいぶんつつましい、スパルタンな生活を送っていました。家にはテレビもラジオもなく、目覚まし時計すらなかった。暖房器具もほとんどなく、寒い夜には飼っていた何匹かの猫をしっかり抱いて寝るしかありませんでした。猫の方もけっこう必死にしがみついていました。

銀行に月々返済するお金がどうしても工面できなくて、夫婦でうつむきながら深夜の道を歩いていて、くちゃくちゃになったむき出しのお金を拾ったことがあります。シンクロニシティーと言えばいいのか、何かの導きと言えばいいのか、不思議なことにきっちり必要としている額のお金でした。その翌日までに入金しないと不渡りを出すことになっていたので、まったく命拾いをしたようなものです（僕の人生にはなぜかときどきこういう不可思議なことが起こります）。本当は警察に届けなくてはいけなかったんだけど、そのときはきれいごとを言っているような余裕はとてもありませんでした。すみません……と今から謝ってもしょうがないんですが。まあ、別のかたちで、できるだけ社会に還元したいと思っています。

苦労話をするつもりはないんですが、要するに二十代を通して、僕はかなり厳しい生活を送っていたんだということです。もちろん僕なんかよりもっときつい目にあっていた方は、世の中にいっぱいおられると思うんです。そういう人からすれば、僕の置かれた境遇なんて「ふん、そんなの厳しいうちに入らないよ」ということになるだろうし、また間違いなくそのとおりだと思います。しかしそれはそれとして、僕としては僕なりに十分きつかった。そういうことです。

でも楽しかった。それもまた確かなことです。若かったし、いたって健康だったし、なんといっても一日好きな音楽を聴いていられたし、小さいとはいえ一国一城の主だった。満員電車に乗って通勤する必要もないし、退屈な会議に出る必要もないし、気にくわないボスに頭を下げる必要もない。そしてまたいろんな面白い人、興味深い人に巡り合うこともできました。

もうひとつ大事なことは、僕がそのあいだに社会勉強をしたということです。「社会勉強」というと、ストレートすぎてなんだか馬鹿みたいですが、要するに大人になったということです。何度も固い壁に頭をぶっつけ、危ういところをやっとの思いで切り抜けました。ひどいことを言われたり、ひどいことをされたりしたし、悔しい思いをしたこともありました。当時は「水商売」というだけでけっこう社会的に差別されたものです。身体を酷使しなくてはならなかったし、たいていのことは黙って耐えるしかなかった。たちの悪い酔っ払いを、店から蹴り出さなくてはならないようなこともあったし、強い風が吹いたらじっと首をすくめているしかありませんでした。とにかく店を維持し、借金を返していくということのほかには、ほとんど何も考えられなかった。

でもそういう苦しい歳月を無我夢中でくぐり抜け、大怪我（おおけが）することもなくなんとか無事に生き延び、少しばかり開けた平らな場所に出ることができました。一息ついてあたりをぐるりと見回してみると、そこには以前には目にしたことのなかった新しい風景が広がり、その風景の中に新しい自分が立っていた——ごく簡単に言えばそういうことになります。気がつくと、僕は前よりはいくぶんタフになり、前よりはいくぶん（ほんの少しだけですが）知恵がついているようでした。

何も「人生でできるだけ苦労をしろ」と言うようなつもりはありません。正直言って、もし苦労しないで済むのなら、そりゃ苦労しない方がずっといいだろうと思います。当たり前のことですが、苦労なんてぜんぜん楽しいことではないし、人によってはそれですっかり挫（くじ）けてしまって、そのまま立ち直れないケースだってあるかもしれません。でも、もし今あなたが何らかの苦境の中にあって、そのことでずいぶんきつい思いをなさっているのだとしたら、僕としては「今はまあ大変でしょうが、先になってそれが実を結ぶことになるかもしれませんよ」と言いたいです。慰めになるかどうかはわかりませんが、そう思ってがんばって前に進んでいってください。

今から思えば、仕事を始めるまでの僕は、ただの「普通の男の子」でした。阪神間の静かな郊外住宅地に育って、とくに何か問題を抱えるでもなく、問題を起こすでもなく、あまり勉強をしなかったわりには、学業成績もまずまずというあたりでした。ただ本を読むのは昔から好きで、ずいぶん熱心に本を手に取っていました。中学・高校を通じて僕くらい大量の本を読む人間はまわりにいなかったと思います。それから音楽も好きで、浴びるようにいろんな音楽を聴いていました。当然のことながら、なかなか学校の勉強をする時間まではとれなかった。一人っ子で、基本的には大事にされて（要するに甘やかされて）育ち、痛い目にあったことはほとんどありませんでした。早い話、救いがたいまでに世間知らずであったわけです。

僕が早稲田大学に入学し、東京に出てきたのは一九六〇年代の末期、ちょうど学園紛争の嵐(あらし)が吹きまくっていた頃で、大学は長期にわたって封鎖されていました。最初は学生ストライキのせいで、あとの方は大学側によるロックアウトのせいで。そのあいだ授業はほとんどおこなわれず、おかげで（というか）僕はかなり出鱈目(でたらめ)な学生生活を送ることになりました。

僕はもともとグループに入って、みんなと一緒に何かをするのが不得意で、そのせいでセクトには加わりませんでしたが、基本的には学生運動を支持していたし、個人的な範囲でできる限りの行動はとりました。でも反体制セクト間の対立が深まり、いわゆる「内ゲバ」で人の命があっさりと奪われるようになってからは（僕らがいつも使っていた文学部の教室でも、ノンポリの学生が一人殺害されました）、多くの学生と同じように、その運動のあり方に幻滅を感じるようになりました。そこには何か間違ったもの、正しくないものが含まれている。健全な想像力が失われてしまっている。そういう気がしました。そして結局のところ、その激しい嵐が吹き去ったあと、僕らの心に残されたのは、後味の悪い失望感だけでした。どれだけそこに正しいスローガンがあり、美しいメッセージがあっても、その正しさや美しさを支えきるだけの魂の力が、モラルの力がなければ、すべては空虚な言葉の羅列に過ぎない。僕がそのときに身をもって学んだのは、そして今でも確信し続けているのは、そういうことです。言葉には確かな力がある。しかしその力は正しいものでなくてはならない。少なくとも公正なものでなくてはならない。言葉が一人歩きをしてしまってはならない。

それで僕はもう一度、より個人的な領域に歩を進め、そこに身を置くことになりました。本や音楽や映画や、そういう領域にです。当時、新宿の歌舞伎町（かぶきちょう）で長いあいだ終夜営業のアルバイトをしていて、そこでいろんな人と巡り合いました。今はどうか知りませんが、当時の深夜の歌舞伎町近辺には興味深い、正体のわからない人々がずいぶんうろうろしていたものです。面白いこともあり、楽しいこともあり、けっこう危ないこと、きついこともありました。いずれにせよ僕は、大学の教室よりも、あるいは同質の人々が集まるサークルのような場所よりも、むしろそのような生き生きとした雑多な、あるときにはいかがわしい、荒っぽい場所で、人生に関わる様々な現象を学び、それなりに知恵を身につけていったような気がします。英語にstreetwiseという言葉があります。「都会を生き抜くための実際的な知恵を持った」というような意味ですが、結局のところ、学術的なものよりも、そういう地べたっぽいものの方が性に合っていたようです。正直言って、大学の勉強にはほとんど興味が持てませんでした。

結婚していましたし、仕事も始めていたし、今さら大学の卒業証書をもらっても役にも立ちません。でも当時の早稲田大学はとった講義の単位分だけ授業料を払えばいいという制度で、残した単位もそれほど多くなかったので、仕事をしながら暇を見つけて講義に出て、七年かけてなんとか卒業しました。最後の年、安堂信也先生のラシーヌの講義をとっていたんですが、出席日数が足りず、また単位を落としそうになったので、先生のオフィスまで行って「実はこういう事情で、もう結婚して、毎日仕事をしておりまして、なかなか大学に行くことができず……」と説明したら、わざわざ僕の経営していた国分寺の店まで足を運んでくださって、「君もいろいろ大変だねえ」と言って帰って行かれました。おかげで単位もちゃんともらえました。親切な方だったですね。当時の大学には（今は知りませんが）そういう柄の大きな先生がけっこうおられたみたいです。講義の内容はほとんど覚えていませんが（すみません）。

国分寺南口にあるビルの地下で、三年ばかり営業しました。それなりにお客もついて、借金もいちおう順調に返していけたんですが、ビルの持ち主が急に「建物を増築したいから出て行ってくれ」と言い出して、しょうがないので（というような簡単なことでもなく、いろいろと大変だったのですが、これも話し出すと実にキリがないので……）国分寺を離れ、都内の千駄ヶ谷に移ることになりました。店も前より広くなり、明るくなり、ライブのためのグランド・ピアノも置けるようになって、それはよかったのですが、そのぶんまた新たに借金を抱え込んでしまいました。なかなかゆっくりと落ち着けません（こうして来し方を振り返ってみると、「なかなかゆっくりと落ち着けない」というのが、どうやら僕の人生のライトモチーフになっているみたいです）。

そんなわけで僕の二十代は、朝から晩まで肉体労働をし、借金を返済することに明け暮れました。当時のことを思い出すと、ずいぶんよく働いていたなあという記憶しかありません。きっと普通の人の二十代ってもっと楽しいものなんだろうと想像するんですが、僕には時間的にも経済的にも「青春の日々を楽しむ」余裕なんてほとんどありませんでした。でもそのあいだも暇さえあれば本を手に取って読んでいました。どれだけ忙しくても、生活がきつくても、本を読むことは音楽を聴くことと並んで、僕にとって変わることのない大きな喜びであり続けました。その喜びだけは誰にも奪えなかった。

でも二十代も終わりに近づく頃には、千駄ヶ谷の店の経営もようやく落ち着きを見せてきました。まだまだ借金は残っていますし、時期によって売り上げの浮き沈みたいなのはありますし、もちろん簡単に安心はできませんが、このままがんばってやって行けば、まあなんとかなるだろうという雰囲気にはなってきました。

僕にはとくに経営の才能があるとも思えないし、もともと愛想がない非社交的な性格なので、客商売をするのには明らかに向いていないんですが、でも「好きなことならとにかく、文句も言わずに一生懸命やる」というのが取り柄です。だからこそ店の経営もそこそこうまくいったんだと思います。なにしろ音楽が好きなもので、音楽に関わる仕事をしていれば基本的に幸福でした。でも気がつくと僕はそろそろ三十歳に近づいていました。僕にとっての青年時代ともいうべき時期はもう終わろうとしています。それでいくらか不思議な気がしたことを覚えています。「そうか、人生ってこんな風にするすると過ぎていくんだな」と。

一九七八年四月のよく晴れた日の午後に、僕は神宮球場に野球を見に行きました。その年のセントラル・リーグの開幕戦で、ヤクルト・スワローズ対広島東洋カープの対戦でした。午後一時から始まるデー・ゲームです。僕は当時からヤクルト・ファンで、神宮球場から近いところに住んでいたので（千駄ヶ谷の鳩森八幡(はとのもりはちまん)神社のそばです）、よく散歩がてらふらりと試合を見に行っていました。

その頃のヤクルトはなにしろ弱いチームで、万年Bクラス、球団も貧乏、派手なスター選手もいない。当然ながら人気もあまりありません。開幕戦とはいえ、外野席はがらがらです。一人で外野席に寝転んで、ビールを飲みながら試合を見ていました。当時の神宮の外野は椅子席(いすせき)ではなく、芝生のスロープがあるだけでした。とても良い気分だったことを覚えています。空はきれいに晴れ渡り、生ビールはあくまで冷たく、久しぶりに目にする緑の芝生に、白いボールがくっきりと映えています。野球というのはやっぱり球場に行って見るべきものですよね。つくづくそう思います。

ヤクルトの先頭打者はアメリカからやってきたデイブ・ヒルトンという、ほっそりとした無名の選手でした。彼が打順の一番に入っていました。四番はチャーリー・マニエルです。後にフィリーズの監督として有名になりましたが、その当時の彼は実にパワフルな、精悍(せいかん)なバッターで、日本の野球ファンには「赤鬼」と呼ばれていました。

広島の先発ピッチャーはたぶん高橋（里）だったと思います。ヤクルトの先発は安田でした。一回の裏、高橋（里）が第一球を投げると、ヒルトンはそれをレフトにきれいにはじき返し、二塁打にしました。バットがボールに当たる小気味の良い音が、神宮球場に響き渡りました。ぱらぱらというまばらな拍手がまわりから起こりました。僕はそのときに、何の脈絡もなく何の根拠もなく、ふとこう思ったのです。「そうだ、僕にも小説が書けるかもしれない」と。

そのときの感覚を、僕はまだはっきり覚えています。それは空から何かがひらひらとゆっくり落ちてきて、それを両手でうまく受け止められたような気分でした。どうしてそれがたまたま僕の手のひらに落ちてきたのか、そのわけはよくわかりません。そのときもわからなかったし、今でもわかりません。しかし理由はともあれ、とにかくそれが起こったのです。それは、なんといえばいいのか、ひとつの啓示のような出来事でした。英語にエピファニー（epiphany）という言葉があります。日本語に訳せば「本質の突然の顕現」「直観的な真実把握」というようなむずかしいことになります。平たく言えば、「ある日突然何かが目の前にさっと現れて、それによってものごとの様相が一変してしまう」という感じです。それがまさに、その日の午後に、僕の身に起こったことでした。それを境に僕の人生の様相はがらりと変わってしまったのです。デイブ・ヒルトンがトップ・バッターとして、神宮球場で美しく鋭い二塁打を打ったその瞬間に。

試合が終わってから（その試合はヤクルトが勝ったと記憶しています）、僕は電車に乗って新宿の紀伊國屋（きのくにや）に行って、原稿用紙と万年筆（セーラー、二千円）を買いました。当時はまだワードプロセッサーもパソコンも普及していませんでしたから、手でひとつひとつ字を書くしかなかったのです。でもそこにはとても新鮮な感覚がありました。胸がわくわくしました。万年筆を使って原稿用紙に字を書くなんて、僕にとっては実に久方ぶりのことだったからです。

夜遅く、店の仕事を終えてから、台所のテーブルに向かって小説を書きました。その夜明けまでの数時間のほかには、自分の自由になる時間はほとんどなかったからです。そのようにしておおよそ半年かけて『風の歌を聴け』という小説を書き上げました（当初は別のタイトルだったのですが）。第一稿を書き上げたときには、野球のシーズンも終わりかけていました。ちなみにこの年はヤクルト・スワローズが大方の予想を裏切ってリーグ優勝し、日本シリーズでは日本一の投手陣を擁する阪急ブレーブスを打ち破りました。それは実に奇跡的な、素晴らしいシーズンでした。

『風の歌を聴け』は、原稿用紙にして二百枚弱の短い小説です。でも書き上げるまでにはずいぶん手間がかかりました。自由になる時間があまりなかったということももちろんありますが、それよりはむしろ、そもそも小説というものをどうやって書けばいいのか、僕にはまったく見当もつかなかったからです。実を言うと僕は、十九世紀のロシア小説やら、英語のペーパーバックやらを読むのに夢中になっていたので、それまで日本の現代小説（いわゆる「純文学」みたいなもの）を系統的に、まともに読んだことがありませんでした。だから今の日本でどんな小説が読まれているかも知らなかったし、どんな風に日本語で小説を書けばいいのかもよくわからなかったのです。

でもまあ「たぶんこんなものだろう」という見当をつけ、それらしいものを何か月かかけて書いてみたのですが、書き上げたものを読んでみると、自分でもあまり感心しない。「やれやれ、これじゃどうしようもないな」とがっかりしました。なんていえばいいんだろう、いちおう小説としての形はなしているのですが、読んでいて面白くないし、読み終えて心に訴えかけてくるものがないのです。書いた人間が読んでそう感じるんだから、読者はなおさらそう感じるでしょう。「やっぱり僕には、小説を書く才能なんかないんだ」と落ち込みました。普通ならそこであっさりあきらめてしまうところなんだけど、僕の手にはまだ、神宮球場外野席で得たepiphanyの感覚がくっきりと残っています。

あらためて考えてみれば、うまく小説が書けなくても、そんなのは当たり前のことです。生まれてこの方、小説なんて一度も書いたことがなかったのだし、最初からそんなにすらすら優れたものが書けるわけがない。上手な小説、小説らしい小説を書こうとするからいけないのかもしれない、と僕は思いました。「どうせうまい小説なんて書けないんだ。小説とはこういうものだ、文学とはこういうものだ、という既成概念みたいなのを捨てて、感じたこと、頭に浮かんだことを好きに自由に書いてみればいいじゃないか」と。

とはいえ「感じたこと、頭に浮かんだことを好きに自由に書く」というのは、口で言うほど簡単なことではありません。とくにこれまで小説を書いた経験のない人間にとっては、まさに至難の業です。発想を根本から転換するために、僕は原稿用紙と万年筆をとりあえず放棄することにしました。万年筆と原稿用紙が目の前にあると、どうしても姿勢が「文学的」になってしまいます。そのかわりに押し入れにしまっていたオリベッティの英文タイプライターを持ち出しました。それで小説の出だしを、試しに英語で書いてみることにしたのです。とにかく何でもいいから「普通じゃないこと」をやってみようと。

もちろん僕の英語の作文能力なんて、たかがしれたものです。限られた数の単語を使って、限られた数の構文で文章を書くしかありません。センテンスも当然短いものになります。頭の中にどれほど複雑な思いをたっぷり抱いていても、そのままの形ではとても表現できません。内容をできるだけシンプルな言葉で言い換え、意図をわかりやすくパラフレーズし、描写から余分な贅肉を削ぎ落とし、全体をコンパクトな形態にして、制限のある容れ物に入れる段取りをつけていくしかありません。ずいぶん無骨な文章になってしまいます。でもそうやって苦労しながら文章を書き進めているうちに、だんだんそこに僕なりの文章のリズムみたいなものが生まれてきました。

僕は小さいときからずっと、日本生まれの日本人として日本語を使って生きてきたので、僕というシステムの中には日本語のいろんな言葉やいろんな表現が、コンテンツとしてぎっしり詰まっています。だから自分の中にある感情なり情景なりを文章化しようとすると、そういうコンテンツが忙しく行き来をして、システムの中でクラッシュを起こしてしまうことがあります。ところが外国語で文章を書こうとすると、言葉や表現が限られるぶん、そういうことがありません。そして僕がそのときに発見したのは、たとえ言葉や表現の数が限られていても、それを効果的に組み合わせることができれば、そのコンビネーションの持って行き方によって、感情表現・意思表現はけっこううまくできるものなのだということでした。要するに「何もむずかしい言葉を並べなくてもいいんだ」「人を感心させるような美しい表現をしなくてもいいんだ」ということです。

ずっとあとになってからですが、アゴタ・クリストフという作家が、同じような効果を持つ文体を用いて、いくつかの優れた小説を書いていることを、僕は発見しました。彼女はハンガリー人ですが、一九五六年のハンガリー動乱のときにスイスに亡命し、そこで半ばやむなくフランス語で小説を書き始めました。ハンガリー語で小説を書いていては、とても生活ができなかったからです。フランス語は彼女にとっては後天的に学んだ（学ばざるを得なかった）外国語です。しかし彼女は外国語を創作に用いることによって、彼女自身の新しい文体を生み出すことに成功しました。短い文章を組み合わせるリズムの良さ、まわりくどくない率直な言葉づかい、思い入れのない的確な描写。それでいて、何かとても大事なことが書かれることなく、あえて奥に隠されているような謎めいた雰囲気。僕はあとになって彼女の小説を初めて読んだとき、そこに何かしら懐かしいものを感じたことを、よく覚えています。もちろん作品の傾向はずいぶん違いますが。

とにかくそういう外国語で書く効果の面白さを「発見」し、自分なりに文章を書くリズムを身につけると、僕は英文タイプライターをまた押し入れに戻し、もう一度原稿用紙と万年筆を引っ張り出しました。そして机に向かって、英語で書き上げた一章ぶんくらいの文章を、日本語に「翻訳」していきました。翻訳といっても、がちがちの直訳ではなく、どちらかといえば自由な「移植」に近いものです。するとそこには必然的に、新しい日本語の文体が浮かび上がってきます。それは僕自身の独自の文体でもあります。僕が自分の手で見つけた文体です。そのときに「なるほどね、こういう風に日本語を書けばいいんだ」と思いました。まさに目から鱗が落ちる、というところです。

ときどき「おまえの文章は翻訳調だ」と言われることがあります。翻訳調というのが正確にどういうことなのか、もうひとつよくわからないのですが、それはある意味ではあたっているし、ある意味でははずれていると思います。最初の一章分を現実に日本語に「翻訳した」という字義通りの意味においては、その指摘には一理あるような気もしますが、それはあくまで実際的なプロセスの問題に過ぎません。僕がそこで目指したのはむしろ、余分な修飾を排した「ニュートラルな」、動きの良い文体を得ることでした。僕が求めたのは「日本語性を薄めた日本語」の文章を書くことではなく、いわゆる「小説言語」「純文学体制」みたいなものからできるだけ遠ざかったところにある日本語を用いて、自分自身のナチュラルなヴォイスでもって小説を「語る」ことだったのです。そのためには捨て身になる必要がありました。極言すればそのときの僕にとって、日本語とはただの機能的なツールに過ぎなかったということになるかもしれません。

　それを日本語に対する侮辱ととる人も、中にはいるかもしれません。実際にそういう批判を受けたこともあります。しかし言語というのはもともとタフなものです。長い歴史に裏付けられた強靭（きょうじん）な力を有しています。誰にどんな風に荒っぽく扱われようと、その自律性が損なわれるようなことはまずありません。言語の持つ可能性を思いつく限りの方法で試してみることは、その有効性の幅をあたう限り押し広げていくことは、すべての作家に与えられた固有の権利なのです。そういう冒険心がなければ、新しいものは何も生まれてきません。僕にとっての日本語は今でも、ある意味ではツールであり続けています。そしてそのツール性を深く追求していくことは、いくぶん大げさにいえば、日本語の再生に繫がっていくはずだと信じています。

とにかく僕はそうやって新しく獲得した文体を使って、既に書き上げていた「あまり面白くない」小説を、頭から尻尾までそっくり書き直しました。小説の筋そのものはだいたい同じです。でも表現方法はまったく違います。読んだ印象もぜんぜん違います。それが今ある『風の歌を聴け』という作品です。僕はこの作品の出来に決して満足したわけではありません。書き上げたものを読み直してみて、未熟で、欠点の多い作品だと思いました。自分が表現したいことの二割か三割くらいしか書けていない、と。でも初めての小説をなんとか、いちおう納得のいく形で最後まで書き上げたことで、自分はひとつの「大事な移動」を為し終えたのだという実感がありました。言い換えれば、あのときの epiphany の感覚に、ある程度自分なりにこたえることができた、ということになるかもしれません。

小説を書いているとき、「文章を書いている」というよりはむしろ「音楽を演奏している」というのに近い感覚がありました。僕はその感覚を今でも大事に保っています。それは要するに、頭で文章を書くよりはむしろ体感で文章を書くということなのかもしれません。リズムを確保し、素敵な和音を見つけ、即興演奏の力を信じること。とにかく真夜中にキッチン・テーブルに向かって、新しく獲得した自分の文体で小説（みたいなもの）を書いていると、まるで新しい工作道具を手にしたときのように心がわくわくしました。とても楽しかった。そして少なくともそれは、僕が三十歳を前にして感じていた心の「空洞」のようなものを、うまく満たしてくれたようでした。

最初に書き上げたその「あまり面白くない」作品と、今ある『風の歌を聴け』を並べて比較対照できればわかりやすいのでしょうが、残念ながら「あまり面白くない」作品の方は破棄してしまったので、それはできません。どんなものだったか、自分でもほとんど覚えていません。とっておけばよかったんだけど、こんなもの要らないと思って、あっさりゴミ箱に放り込んでしまいました。僕に思い出せるのは、「それを書いているときあまり楽しい気持ちにはなれなかった」ということくらいです。そういう文章を書くことが楽しくなかったんですね。それはその文体が、自分の中から自然に出てきた文体ではなかったからです。サイズの合わない服を着て運動しているのと同じです。

「群像」の編集者から「村上さんの応募された小説が、新人賞の最終選考に残りました」という電話がかかってきたのは、春の日曜日の朝のことです。神宮球場の開幕戦から一年近くが経ち、僕は既に三十歳の誕生日を迎えていました。たぶん午前十一時過ぎだったと思うのですが、仕事が前の日の夜遅くまであったので、そのときまだぐっすり眠っていました。寝ぼけていて、受話器をとったものの、相手がいったい何を僕に伝えようとしているのかうまく理解できません。僕は、本当に正直な話、その原稿を「群像」編集部あてに送ったことすらすっかり忘れていたからです。それを書き上げ、とりあえず誰かの手に委ねてしまったことで、僕の「何かを書きたい」という気持ちはもうすっかり収まっていました。いわば開き直って、思いつくままにすらすら書いただけの作品だったから、そんなものが最終選考に残るなんて予想してもいませんでした。原稿のコピーさえとっていません。だからもし最終選考に残っていなかったら、その作品はどこかに永遠に消えてなくなってしまっていたはずです。そして僕はもう小説なんて二度と書いていなかったかもしれません。人生というのは、考えてみれば不思議なものです。

その編集者の話によれば、僕のものを含めて全部で五篇の作品が最終選考に残ったということです。「へえ」と思いました。でも、眠かったこともあって、あまり実感は湧かなかった。僕は布団を出て顔を洗い、着替えて、妻と一緒に外に散歩に出ました。明治通りの千駄谷小学校のそばを歩いていると、茂みの陰に一羽の伝書鳩（でんしょばと）が座り込んでいるのが見えました。拾い上げてみると、どうやら翼に怪我をしているようです。脚には金属製の名札がつけられていました。僕はその鳩を両手にそっと持ち、表参道の同潤会青山アパートメント（今は「表参道ヒルズ」になっていますが）の隣にある交番まで持って行きました。それがいちばん近くにある交番だったからです。原宿の裏通りを歩いて行きました。そのあいだ傷ついた鳩は、僕の手の中で温かく、小さく震えていました。よく晴れた、とても気持ちの良い日曜日で、あたりの木々や、建物や、店のショーウィンドウが春の日差しに明るく、美しく輝いていました。

そのときに僕ははっと思ったのです。僕は間違いなく「群像」の新人賞をとるだろうと。そしてそのまま小説家になって、ある程度の成功を収めるだろうと。すごく厚かましいみたいですが、僕はなぜかそう確信しました。とてもありありと。それは論理的というよりは、ほとんど直観に近いものでした。

僕は三十数年前の春の午後に神宮球場の外野席で、自分の手のひらに降ってきたものの感触をまだはっきり覚えていますし、その一年後に、やはり春の昼下がりに、千駄谷小学校のそばで拾った、怪我をした鳩の温（ぬく）もりを、同じ手のひらに記憶しています。「小説を書く」意味について考えるとき、いつもそれらの感触を思い起こすことになります。僕にとってそのような記憶が意味するのは、自分の中にあるはずの何かを信じることであり、それが育むであろう可能性を夢見ることでもあります。そういう感触が自分の内にいまだにあるというのは、本当に素晴らしいことです。

最初の小説を書いたときに感じた、文章を書くことの「気持ちの良さ」「楽しさ」は、今でも基本的に変化していません。毎日朝早く目覚めて、コーヒーを温めて大きなマグカップに注ぎ、そのカップを持って机の前に座り、コンピュータを立ち上げます（ときどき四百字詰原稿用紙と、長く愛用していたモンブランの太い万年筆を懐かしく思いますが）。そして「さあ、これから何を書こうか」と考えを巡らせます。そのときは本当に幸福です。ものを書くことを苦痛だと感じたことは一度もありません。小説が書けなくて苦労したという経験も（ありがたいことに）ありません。というか、もし楽しくないのなら、そもそも小説を書く意味なんてないだろうと考えています。苦役として小説を書くという考え方に、僕はどうしても馴染めないのです。小説というのは、基本的にすらすらと湧き出るように書くものだろうと思います。

僕は何も、自分を天才だと思っているわけではありません。何か特別な才能が自分に具（そな）わっていると、あらためて考えたこともありません。もちろんこうして三十年以上、専業小説家としてメシを食っているわけだから、まったく才能がないということはないはずです。たぶんもともと何かしらの資質、あるいは個性的な傾向みたいなものはあったのでしょう。でもそんなことについて自分であれこれ考えたって、何も利するところはないと思っています。そんな判断は他の誰かに——もしそういう人がどこかにいるとすればですが——まかせておけばいいのです。

　僕が長い歳月にわたっていちばん大事にしてきたのは（そして今でもいちばん大事にしているのは）、「自分は何かしらの特別な力によって、小説を書くチャンスを与えられたのだ」という率直な認識です。そして僕はなんとかそのチャンスをつかまえ、また少なからぬ幸運にも恵まれ、こうして小説家になることができました。あくまで結果的にではありますが、僕にはそういう「資格」が、誰からかはわからないけれど、与えられたわけです。僕としてはそのようなものごとの有り様（ありよう）に、ただ素直に感謝したい。そして自分に与えられた資格を——ちょうど傷ついた鳩を守るように——大事に守り、今でもまだ小説を書き続けていられることをとりあえず喜びたい。あとのことはまたあとのことです。

第三回　文学賞について

文学賞というものについて語りたいと思います。まず最初に、ひとつの具体的な例として、芥川龍之介賞（芥川賞）について話します。わりに生々しいというか、かなり直接的で機微に触れる話題なので、語りにくいところもあるのですが、でも誤解をおそれずに、ここらへんでひとつ話しておいた方がいいかもしれない。そういう気がします。芥川賞について語ることは、あるいは文学賞というものについて総体的に語ることに通じるかもしれません。そして文学賞について語ることは、現代における文学のひとつの側面を語ることになるかもしれません。

少し前のことですが、某文芸誌の巻末コラムに芥川賞のことが書かれていました。その中に「芥川賞というのはよほど魔力のある賞なのだろう。落ちて騒ぐ作家がいるから、ますます名声が高まる。落ちて文壇から遠ざかる村上春樹さんのような作家がいるからますます権威のほどが示される」という文章がありました。書いたのは「相馬悠々」という名前の人ですが、もちろん誰かの匿名でしょう。

　僕はたしかにその昔、もう三十年以上前のことですが、芥川賞の候補に二度なったことがあります。どちらのときも受賞しませんでした。そしてたしかに文壇みたいなところから比較的離れた場所で仕事をしてきました。でも僕が文壇から距離を置いて仕事をしていたのは、芥川賞をとらなかった（あるいはとれなかった）からではなく、そういう場所に足を踏み入れること自体に、そもそも関心も知識も持っていなかったからです。本来関係のない二つのものごとのあいだに、このような因果関係を（いわば）勝手に求められても、僕としては困ってしまいます。

　こういうことを書かれると、世の中には、「そうか、村上春樹は芥川賞をとれなかったから、文壇から離れて生きてきたのか」と素直に思い込んでしまう人だっているかもしれない。下手をしたらそれが通説になってしまう恐れもあります。推論と断定とを使い分けるのは、文章を書くことの基本じゃないかと思うんだけど、そうでもないのかな。まあ同じことをしていても、昔は「文壇に相手にもしてもらえない」と言われていたのが、最近では「文壇から遠ざかる」と言われるようになったのだから、むしろ喜ぶべきなのかもしれませんが。

僕が文壇からわりに遠いところにいたのは、ひとつには僕の側に「作家になろう」というつもりがもともとなかったからだと思います。普通の人間としてごく普通に生活を送っていて、あるときふと思い立って小説をひとつ書いて、それがいきなり新人賞をとってしまった。だから文壇がどういうものなのか、文学賞がどういうものなのか、そういう基礎的な知識をほとんどひとかけらも持っていなかったわけです。

それからそのときは「本業」を持っていたので、日々の生活がなにしろ忙しく、片づけるべきものごとをひとつひとつ片づけていくだけで手一杯だった、ということもあります。身体（からだ）がいくつあっても足りないというか、必要不可欠ではないものごとと関わりを持つような時間的余裕がなかったのです。専業作家になってからは、そこまで忙しくはなくなったけれど、思うところあって現実的に早寝早起きの生活を送るようになり、日常的に運動をするようになり、おかげで夜中にどこかに出かけるということもほとんどなくなりました。だから新宿のゴールデン街にも足を踏み入れたことがありません。何も文壇に対して、あるいはゴールデン街に対して反感を持っているというのではありません。ただ現実的にそういう場所に関わったり、足を運んだりする必要性も時間的余裕も、その当時の僕にはたまたまなかったというだけです。

芥川賞に「魔力がある」のかどうか僕はよく知らないし、「権威がある」かどうかも知らないし、またそういうことを意識したこともありませんでした。これまでに誰がこの賞を取って、誰が取っていないのか、それもよく知りません。昔から興味があまりなかったし、今でも同じくらい（というか、ますます）ありません。もしそのコラムの筆者がおっしゃるように、芥川賞に魔力みたいなものがあったとしても、少なくともその魔力は僕個人の近辺にまでは及んでいなかったみたいです。たぶんどこかで道に迷って、僕のところまではたどり着けなかったのでしょう。

僕は『風の歌を聴け』と『１９７３年のピンボール』という二作品でこの芥川賞の候補になりましたが、正直に申しまして、僕としては（できればそのまますんなり信じていただきたいのですが）、とってもとらなくてもどちらでもいいと考えていました。

『風の歌を聴け』という作品が文芸誌「群像」の新人賞に選ばれたときは本当に素直に嬉しかった。それは広く世界中に向かって断言できます。僕の人生におけるまさに画期的な出来事でした。というのは、その賞が作家としての「入場券」になったからです。入場券があるのとないのとでは、話はまったく違ってきます。目の前の門が開いたわけですから。そしてその入場券一枚さえあれば、あとのことはなんとでもなるだろうと僕は考えていました。芥川賞がどうこうなんて、その時点では考える余裕さえありませんでした。

もうひとつ、その最初の二作品については、僕自身それほど納得していなかったということもあります。それらの作品を書いていて、自分が本来持っている力のまだ二、三割しか出せていないな、という実感がありました。なにしろ生まれて初めて書いたものなので、小説というものをどのように書けばいいのか、基本的な技術がよくわかっていなかったのです。今にして思えばということですが、「二、三割しか力を出せていない」ということが、逆にある種の良さになっている部分はなくはないと思います。しかしそれはそれとして、本人としては、作品の出来には満足しかねる部分が少なからずありました。

だから入場券としてはそれなりに有効だけど、これくらいのレベルのもので「群像」新人賞に続いて芥川賞までもらってしまうと、逆に余分な荷物を背負い込むことになるかもしれない、という気がしたのです。今の段階でそこまで評価されるのは、いささか「トゥーマッチ」なんじゃないかと。もっと平たく言えば「え、こんなものでいいんですか?」ということですね。

時間をかければ、これよりもっと良いものが書けるはずだ――そういう思いが僕にはありました。ついこのあいだまで自分が小説を書くなんて考えてもいなかった人間としては、かなり傲慢(ごうまん)な考えかもしれません。自分でもそう思います。でも個人的な見解を正直に述べさせていただければ、それくらいの傲慢さがなければ、人はだいたい小説家になんてなりはしません。

『風の歌を聴け』と『1973年のピンボール』、どちらのときもマスコミ的には芥川賞の「最有力候補」と言われ、まわりの人も受賞を期待したみたいだけど、前に述べたような理由で、僕としては受賞を逃してむしろほっとしたくらいでした。落とす方の選考委員の人たちの気持ちも、「まあ、そういうもんだろうな」と僕なりに理解することができました。少なくとも恨みに思ったりはまったくしなかった。またほかの候補作品に比べてどうこうというようなことも考えませんでした。

その当時僕は都内でジャズ・バーのようなものを経営しており、ほとんど毎日店に出て働いていたので、賞を取って世間的に脚光を浴びたりしたら、まわりが騒がしくなって面倒だろうな、ということもありました。いちおう客商売ですから、会いたくない人間が来ても、逃げるわけにいかない――とはいえ、耐えきれずに逃げ出したことも何度かありますが。

二度候補になり、二度落選したあとで、まわりの編集者たちから「これでもう村上さんはアガリです。この先、芥川賞の候補にはなることはないでしょう」と言われて、「アガリって、なんだか変なものだな」と思ったのを覚えています。芥川賞というのは基本的に新人に与えられるものなので、ある時期がくると候補リストから外されるようです。その文芸誌のコラムによれば、六回も候補になった作家もいるということですが、僕の場合は二回でアガリだった。どうしてなのか、事情はよくわかりませんが、とにかくそのときは「村上はこれでもうアガリ」というコンセンサスが、文壇的・業界的にできていたみたいです。きっとそういうしきたりだったのでしょう。

でもアガリになったからといって、別にがっかりすることもなかった。かえってすっきりしたというか、芥川賞についてもうこれ以上考える必要がなくなった、という安堵(あんど)感の方が強かったように思います。僕自身は受賞してもしなくても、ほんとにどちらでもよかったんですが、候補になると、選考会が近づくにつれて周囲の人たちが妙にそわそわして、そういう気配がいささか煩(わずら)わしかったことを覚えています。変な期待感があり、それなりの細かい苛立(いらだ)ちみたいなものがあった。また候補になるだけでメディアにも取り上げられ、その反響も大きく、反撥(はんぱつ)みたいなものもあり、そういうあれこれが何かと面倒でした。二回だけでもずいぶん鬱陶しいことが多かったのに、毎年そんなことが続いていたらと想像すると、それだけでかなり気が重くなります。

中でもいちばん気が重かったのは、みんなが慰めてくれることでした。落選すると、多くの人が僕のところにやってきて、「今回は残念でしたね。でもきっと次には絶対とれますよ。次作、がんばってください」と言ってくれました。相手が——少なくとも多くの場合——好意で言ってくれていることはわかるんだけど、そう言われるたびに、何と返事すればいいのかわからなくて、僕としてはなんだか複雑な気持ちになりました。「ええ、まあ……」みたいなことを言って話を適当にごまかすしかありません。「かまわないんですよ、とくに取らなくても」と言ったところで、誰も額面通りには受け取ってはくれないだろうし、かえって場がしらけそうだし。

NHKも面倒だったですね。候補になった段階で「芥川賞を受賞されたら、翌朝のテレビ番組に出演してください」と言われます。そういう電話がかかってくる。僕は仕事が忙しいし、テレビになんか出たくはないから（人前に出るのがもともと好きじゃない性格なので）、いやだ、出ませんと言ってもなかなか引き下がってくれない。逆になぜ出ないのかと腹を立てられたりもしました。候補になるたびにそういうことがいろいろあって、煩わしく感じることが多かったです。

ときどき世間の人はどうしてこんなに芥川賞のことばかり気にするんだろうと不思議に思うことがあります。しばらく前のことですが、書店に行ったら『村上春樹はなぜ芥川賞をとれなかったか』みたいなタイトルの本が平積みになっていました。どんな内容だか、読んでないのでわからないけど――恥ずかしくてとても本人は買えませんよね――でもそういう本が出版されること自体、「なんか不思議なものだな」と首を傾げないわけにはいきません。

だって僕が仮にそのとき芥川賞をとっていたとして、それによって世界の運命が変わっていたとは思えないし、僕の人生が大きく様変わりしていたとも思えないからです。世界はおおむね今ある状態のままだったはずだし、僕も以来三十年以上、まあ少しくらいの誤差はあったかもしれないけど、だいたい同じようなペースで執筆を続けてきたはずです。僕が芥川賞をとろうがとるまいが、僕の書く小説はおそらく同じような種類の人々に受け入れられ、同じような種類の人々を苛立たせてきたはずです(少なからざる数の、ある種の人々を苛立たせるのは、文学賞とは関係なく僕の生まれつきの資質のようです)。

僕がもし芥川賞をとっていたら、イラク戦争は起こっていなかった――みたいなことであれば、僕としてももちろん責任を感じるのでしょうが、そんなことはあり得ない。なのにどうして、僕が芥川賞をとらなかったことがわざわざ一冊の本になったりするのか？　正直言ってもうひとつ理解できないところです。僕が芥川賞をとったかとらなかったかなんて、コップの中の嵐というか……嵐どころか、つむじ風にもならないような些細なことです。

こういうことを言うと角が立ちそうですが、芥川賞というのはもともと文藝春秋という一出版社が主催するひとつの賞に過ぎません。文藝春秋はそれを商売としてやっている——とまでは言わないけど、まったく商売にしていないといえば嘘になります。

いずれにせよ、長く小説家をやっている人間として、実感で言わせてもらえれば、新人レベルの作家の書いたものの中から真に刮目すべき作品が出ることは、だいたい五年に一度くらいのものじゃないでしょうか。少し甘めに水準を設定して二、三年に一度というところでしょう。なのにそれを年に二度も選出しようとするわけだから、どうしても水増し気味になります。もちろんそれはそれでぜんぜんかまわないんだけど（賞というのは多かれ少なかれ励ましというか、ご祝儀のようなものだし、間口を広げるのは悪いことではないから）、でも客観的に見て、そんなに毎回マスコミあげて社会行事のように大騒ぎするレベルのものなのだろうかと思ってしまいます。そのへんのバランスがちょっとおかしくなっている。

しかしそんなことを言い出したら、芥川賞のみならず、世界中すべての文学賞が「どれだけの実質的価値がそこにあるのか？」という話になってしまいますし、そうなると話が前に進まなくなる。だって賞と名の付くもの、アカデミー賞からノーベル文学賞に至るまで、評価基準が数値に限定された特殊なものを除けば、その価値の客観的裏付けなんていうものはどこにもないからです。けちをつけようと思えば、いくらでもつけられる。ありがたがろうと思えば、いくらでもありがたがれる。

レイモンド・チャンドラーはある手紙の中で、ノーベル文学賞についてこのように書いています。「私は大作家になりたいだろうか？　私はノーベル文学賞を取りたいだろうか？　ノーベル文学賞がなんだっていうんだ。あまりに多くの二流作家にこの賞が贈られている。読む気もかき立てられないような作家たちに。だいたいあんなものを取ったら、ストックホルムまで行って、正装して、スピーチをしなくちゃならない。ノーベル文学賞がそれだけの手間に値するか？　断じてノーだ」

アメリカの作家ネルソン・オルグレン（『黄金の腕を持った男』『荒野を歩け』）はカート・ヴォネガットの強い推薦を受けて、一九七四年にアメリカ文学芸術アカデミーの功労賞受賞者に選ばれたのですが、そのへんのバーで女の子と飲んだくれていて、授賞式をすっぽかしました。もちろん意図的にです。送られてきたメダルをどうしたかと尋ねられて、「さあ……どこかに投げ捨てたような気がする」と答えました。『スタッズ・ターケル自伝』という本にそんなエピソードが書いてありました。

　もちろんこの二人は過激な例外なのかもしれません。独自のスタイルと、一貫した反骨精神を持って人生を生きた人たちですから。しかし彼らが共通して感じていたのは、あるいは態度によって表明したかったのはおそらく、「真の作家にとっては、文学賞なんかより大事なものがいくつもある」ということでしょう。そのひとつは自分が意味のあるものを生み出しているという手応えであり、もうひとつはその意味を正当に評価してくれる読者が——数の多少はともかく——きちんとそこに存在するという手応えです。そのふたつの確かな手応えさえあれば、作家にとっては賞なんてどうでもいいものになってしまう。そんなものはあくまで社会的な、あるいは文壇的な形式上の追認に過ぎません。

　しかし世間の人々は多くの場合、具体的なかたちになったものにしか目を向けないということも、また真実です。文学作品の質はあくまで無形のものですが、賞なりメダルなりが与えられると、そこに具体的なかたちがつきます。そして人々はその「かたち」に目を向けることができます。そのような文学性とは無縁の形式主義が、そしてまた「賞を与えてやるから、ここまで取りに来なさい」という権威側の「上から目線」が、チャンドラーやオルグレンを必要以上に苛立たせたのではないでしょうか。

僕もインタビューを受けて、賞関連のことを質問されるたびに（国内でも海外でも、なぜかよく質問されます）、「何より大事なのは良き読者です。どのような文学賞も、勲章も、好意的な書評も、僕の本を身銭を切って買ってくれる読者に比べれば、実質的な意味を持ちません」と答えることにしています。自分でも飽き飽きするくらい何度も何度も繰り返し、同じ答えを返しているのですが、ほとんど誰もそういう僕の言い分には本気で耳を貸してくれないみたいです。多くの場合無視されます。

でも考えてみたら、これはたしかに実際、退屈な回答かもしれませんね。行儀の良い「表向きの発言」みたいに聞こえなくもない。自分でも時々そう思います。少なくともジャーナリストが興味をそそられる類のコメントではない。しかしいくら退屈でありふれた回答であっても、それが僕にとっては正直な事実なのだから仕方ありません。だから何度でも同じことを繰り返し口にします。読者が千数百円、あるいは数千円の金を払って一冊の本を買うとき、そこには思惑も何もありません。あるのは「この本を読んでみよう」という（たぶん）率直な心持ちだけです。もしくは期待感だけです。そういう読者のみなさんに対しては、僕は心から本当にありがたいと思っています。それに比べれば——いや、あえて具体的に比較するまでもないでしょう。

あらためて言うまでもありませんが、後世に残るのは作品であり、賞ではありません。二年前の芥川賞の受賞作を覚えている人も、三年前のノーベル文学賞の受賞者を覚えている人も、世間にはおそらくそれほど多くはいないはずです。あなたは覚えていますか？　しかしひとつの作品が真に優れていれば、しかるべき時の試練を経て、人はいつまでもその作品を記憶にとどめます。アーネスト・ヘミングウェイがノーベル文学賞をとったかどうか（とりました）、ホルヘ・ルイス・ボルヘスがノーベル文学賞をとったかどうか（とったっけ？）、そんなことをいったい誰が気にするでしょう？　文学賞は特定の作品に脚光をあてることはできるけれど、その作品に生命を吹き込むことまではできません。いちいち断るまでもないことですが。

芥川賞をもらわなくて損したことが何かあったか？　ちょっと頭を巡らしてみたんですが、それらしきことはひとつも思いつけませんでした。じゃあ得をしたことはあったか？　どうだろう、芥川賞をもらわなかったせいで得をしたということも、べつになかったような気がします。

ただひとつ、自分の名前の横に「芥川賞作家」という「肩書き」がつかないことについては、いささか喜ばしく思っているところがあるかもしれません。あくまで予想に過ぎないのですが、いちいち自分の名前のわきにそんな肩書きがついたら、なんだか「おまえは芥川賞の助けを借りてこれまでやってこれたんだ」みたいなことを示唆（しさ）されているようで、いくぶん煩わしい気持ちになったんじゃないかという気がします。今の僕にはとくにそれらしい肩書きが何もないので、身軽というか、気楽でいいです。ただの村上春樹である（でしかない）というのは、なかなか悪くないことです。少なくとも本人にとっては、そんなに悪くないです。

　でもそれは芥川賞に対して反感を持っているからではなく（繰り返すようだけど、そんなもの僕の中にはまったくありません）、自分があくまで僕という「個人の資格」でものを書き、人生を生きてきたことについて、僕なりにささやかな誇りを持っているからです。たいしたものじゃないかもしれないけど、それは僕にとっては少なからず大事なことなのです。

　あくまで目安に過ぎないのですが、習慣的に積極的に文芸書を手に取る層は、総人口のおおよそ五パーセントくらいではないかと僕は推測しています。読者人口の核（コア）とも言うべき五パーセントです。現在、書物離れ、活字離れということがよく言われているし、それはある程度そのとおりだと思うんだけど、その五パーセント前後の人々は、たとえ「本を読むな」と上から強制されるようなことがあっても、おそらくなんらかのかたちで本を読み続けるのではないかと想像します。レイ・ブラッドベリの『華氏４５１度』みたいに、弾圧を逃れて森に隠れ、みんなで本を暗記しあう……とまではいかずとも、こっそりどこかで本を読み続けるんじゃないかと。もちろん僕だってそのうちの一人です。

本を読む習慣がいったん身についてしまうと――そういう習慣は多くの場合若い時期に身につくのですが――それほどあっさりと読書を放棄することはできません。手近にYouTubeがあろうが、３Ｄビデオゲームがあろうが、暇があれば（あるいは暇がなくても）進んで本を手に取る。そしてそういう人たちが二十人に一人でもこの世界に存在する限り、書物や小説の未来について僕が真剣に案じることはありません。電子書籍がどうこうというようなことも、今のところとりたてて心配はしていません。紙だろうが画面だろうが（あるいは『華氏４５１度』的な口頭伝承だろうが）、媒体・形式は何だってかまわないのです。本好きの人たちがちゃんと本を読んでくれさえすれば、それでいい。

僕が真剣に案じるのは、僕自身がその人たちに向けてどのような作品を提供していけるかという問題だけです。それ以外のものごとは、あくまで周辺的な事象に過ぎません。だって日本の総人口の五パーセントといえば、六百万人程度の規模になります。それだけのマーケットがあれば、作家としてなんとか食べ繋いでいけるのではないでしょうか。日本だけではなく、世界に目を向ければ、当然ながら、読者の数はもっと増えていきます。

ただし残りの人口の九五パーセントに関していえば、この人たちが文学と正面から向き合う機会は、日常的にそれほど多くはないだろうし、そしてその機会はこれからますます減少していくかもしれません。いわゆる「活字離れ」は更に進行していくかもしれません。それでもおそらく今のところ——これもまただいたいの目安に過ぎないのですが——少なくともその半分くらいは、社会文化の事象としての、あるいは知的娯楽としての文学にそれなりの興味を抱いており、機会があれば本を手に取って読んでみようと考えているように見受けられます。文学の潜在的受け手というか、選挙で言えば「浮動票」です。だからそのような人々のための、なんらかの窓口が必要になる。あるいはショールームのようなものが。そしてその窓口＝ショールームのひとつを、今のところ芥川賞がつとめている（これまでつとめてきた）ということになるかもしれません。ワインでいえばボジョレ・ヌーボー、音楽でいえばウィーンのニューイヤーズ・コンサート、ランニングでいえば箱根駅伝のようなものです。それからもちろんノーベル文学賞があります。しかしノーベル文学賞まで行ってしまうと、話がいささか面倒になります。

僕は生まれてこの方、文学賞の選考委員をつとめたことが一度もありません。頼まれることもなくはないのですが、そのたびに「申し訳ありませんが、僕にはできません」とお断りしてきました。文学賞の選考委員をつとめる資格が自分にはないと思っているからです。

どうしてかといえば、理由は簡単で、僕はあまりにも個人的な人間でありすぎるからです。僕という人間の中には、僕自身の固有のヴィジョンがあり、それに形を与えていく固有のプロセスがあります。そのプロセスを維持するためには、包括的な生き方からして個人的にならざるを得ないところがあります。そうしないとうまくものが書けないのです。

でもそういうのはあくまで僕自身のものさしであって、僕自身には適していても、そのままほかの作家に当てはまるとは思えません。「自分のやり方以外のすべてのやり方を排除する」ということでは決してないのですが（僕のやり方とは違っていても、敬意を抱かされるものは、もちろん世の中に数多くあります）、中には「これはどうしても自分とは相容れない」、あるいは「これは理解することもできない」というものもあります。いずれにせよ僕は、自分という軸に沿ってしか、ものごとを眺め、評価をすることができないのです。良く言えば個人主義的だけど、べつの言い方をするなら自己本位で、身勝手なわけです。で、僕がそんな身勝手な軸やものさしを持ち込んで、それに沿って他人の作品を評価したりしたら、された方はたまらないだろうという気がします。既に作家としての地位がある程度固まった人ならともかく、出たばかりの新人の作家の命運を、僕のバイアスのかかった世界観で左右するようなことは、おそろしくてとてもできない。

　とはいえ、そういう僕の態度は作家としての社会的責任の放棄にあたるんじゃないかと言われれば、まあそのとおりかもしれません。僕だって「群像新人文学賞」という窓口を通過し、そこで入場券を一枚受け取って、作家としてのキャリアを開始したわけです。もしその賞をとらなかったら、僕はおそらく小説家になっていなかったんじゃないかという気がします。「もういいや」と思って、そのあと何も書かないままで終わっていたかもしれない。じゃあ、僕としても同じようなサービスを若い世代に向かって提供する責務があるのではないか？　世界観に多少のバイアスがかかっていたとしても、努力して最低限の客観性を身につけ、後輩のために今度はおまえが入場券を発行し、チャンスを与えてあげるべきなのではないか？　そう言われれば、たしかにそのとおりかもしれません。そういう努力をしないのはひとえに僕の怠慢であるかもしれません。

しかし考えていただきたいのですが、作家にとって何より大事な責務は、少しでも質の高い作品を書き続け、読者に提供することです。僕はいちおう現役の作家だし、言い換えれば未だ発展途上にある作家です。今自分が何をしているのか、これから何をすればいいのか、それをまだ手探りで探す立場にある人間です。文学という、いわば戦場の最前線で、生身で切り結んでいる状態の人間です。そこで生き残り、なおかつ前に進んでいくこと、それが僕に与えられた課題です。他人の作品を客観的な視線で読んで評価し、責任を持って推奨したり、あるいは却下したりする作業は、現在の僕の仕事の範囲には入っていない。真剣にやれば――もちろんやるからには真剣にやるしかないわけですが――少なからぬ時間とエネルギーが要求されます。そしてそれは、自分の仕事に割く時間とエネルギーが奪われることを意味します。正直なところ、僕にはそれだけの余裕はありません。そういうことがどちらも同時にうまくできる人もおられるのでしょうが、僕は自分自身に与えられた課題を日々こなしていくだけで手一杯なのです。

そういう考え方はエゴイスティックではないのか？　もちろん、かなり身勝手です。それに反論の余地はありません。批判は甘んじて受けます。

しかしその一方で、出版社が文学賞の選考委員を集めるのに苦労しているという話を耳にしたことはありません。少なくとも、選考委員が集まらないので惜しまれつつ廃止になった文学賞の話もまだ聞いたことがありません。それどころか世間の文学賞の数はますます増え続けているように見えます。日本中で毎日ひとつは文学賞が誰かに授与されているような気がするほどです。だから僕が選考委員を引き受けなくても、それで「入場券」発行数が減って、社会的問題になるということもないみたいです。

それからもうひとつ、僕が誰かの作品（候補作）を批判して、それに対して「じゃあ、そういうおまえの作品はどうなんだ？　そんな偉そうなことを言える立場におまえはあるのか？」と問われると、僕としては返す言葉がなくなってしまいます。実際にその人の言うとおりなんだから。できることならそういう目にはあいたくない。

かといって——はっきり断っておきたいのですが——文学賞の選考委員をしている現役の作家（いわば同業者です）についてあれこれ言うつもりは僕にはまったくありません。自分の創作を真摯（しんし）に追求しながら、同時にそれなりの客観性をもって新人作家の作品を評価できる人もちゃんといるはずです。そういう人たちは頭の中にあるスイッチをうまく切り替えられるのでしょう。そしてまた、誰かがそういう役目を引き受けなくてはならないことも確かです。そのような人々に対して畏敬の念、感謝の念を抱いてはいるものの、残念ながら僕自身にはそういうことはできそうにありません。僕はものを考えて判断するのに時間がかかりますし、時間をかけてもよく判断を間違えるからです。

文学賞というものについて、それがどのようなものであれ、これまで僕はあまり語らないようにしてきました。賞を取る取らないは作品の内容とは多くの場合、基本的に関わりを持たない問題だし、それでいて世間的にはけっこう刺激的な話題であるからです。しかし最初に言ったように文芸誌に載った芥川賞についてのこの小さな記事をたまたま読んで、そろそろここらで文学賞について自分の考えていることをひととおり語っておいていい時期かもしれないと、ふと思いました。そうしないと、妙な誤解を受ける可能性もあるし、それをある程度正しておかないと、その誤解が「見解」として固定してしまう恐れもありますから。

でもこういうものごとについて（まあ、生ぐさいものごとと言いますか）、思うところを語るのはなかなかむずかしいですね。ことによっては、正直に語れば語るほど嘘っぽく、また傲慢に響いてしまうかもしれない。投げた石は、より強い勢いでこちらに跳ね返ってくるかもしれない。にもかかわらず、正直にありのままを語ることが、最終的にはいちばん得策なのではないかと、僕は考えます。僕の言わんとするところをそのまま理解してくださる方も、きっとどこかにおられるだろうと。

僕がここでいちばん言いたかったのは、作家にとって何よりも大事なのは「個人の資格」なのだということです。賞はあくまでその資格を側面から支える役を果たすべきであって、作家がおこなってきた作業の成果でもなければ、褒賞でもありません。ましてや結論なんかじゃない。ある賞がその資格を何らかのかたちで補強してくれるのなら、それはその作家にとって「良き賞」ということになるでしょうし、そうでなければ、あるいはかえって邪魔になり、面倒のタネになるようであれば、それは残念ながら「良き賞」とは言えない、ということです。そうなるとオルグレンはメダルをさっさと投げ捨て、チャンドラーはストックホルム行きをおそらく拒否することになります――もちろん彼がそのような立場に置かれたら実際にどうしたかまでは、僕にはわかりかねますが。

そのように、賞の価値は人それぞれによって違ってきます。そこには個人の立場があり、個人の事情があり、個人の考え方・生き方があります。いっしょくたに扱い、論じることはできない。僕が文学賞について言いたいのも、それだけのことです。一律に論じることはできない。だから一律に論じてほしくもない。

まあ、ここでそんなことを言いたてて、それでどうなるというようなものでもないのでしょうが。

第四回　オリジナリティーについて

オリジナリティーとは何か？

これは答えるのがとてもむずかしい問題です。芸術作品にとって、「オリジナルである」というのはいったいどういうことなのか？　その作品がオリジナルであるためには、どのような資格が必要とされるのか？　そういうことについて正面からまともに追求していくと、考えれば考えるほどわけがわからなくなってくる、というところがあります。

脳神経科医のオリヴァー・サックスは、『火星の人類学者』という著書の中で、オリジナルな創造性をこのように定義しています。

創造性にはきわめて個人的なものという特徴があり、強固なアイデンティティ、個人的スタイルがあって、それが才能に反映され、溶けあって、個人的な身体と(からだ)かたちになる。この意味で、創造性とは創り(つく)だすこと、既存のものの見方を打ち破り、想像の領域で自由に羽ばたき、心のなかで完全な世界を何度も創りかえ、しかもそれをつねに批判的な内なる目で監視することをさす。
（吉田利子訳・ハヤカワ文庫、二〇四ページ）

まことに要を得た、的確で奥深い定義ですが、しかしそうきっぱりと言われてもなあ……と思わず腕組みしてしまいます。

でも正面突破的な定義や理屈はとりあえず棚上げして、具体例から考えていくと、話は比較的わかりやすくなるかもしれません。たとえばビートルズが出てきたのは、僕が十五歳の頃です。初めてビートルズの曲をラジオで聴いたとき、たしか『プリーズ・プリーズ・ミー』だったと思いますが、身体がぞくっとしたことを覚えています。どうしてか？　それがこれまでに耳にしたことのないサウンドであり、しかも実にかっこよかったからです。どう素晴らしいか、その理由はうまく言葉で説明できないんだけど、とにかくとんでもなく素晴らしかった。その一年くらい前にビーチボーイズの『サーフィンＵＳＡ』を初めてラジオで耳にしたときにも、それとだいたい同じことを感じました。「いや、これはすごいぞ！」「ほかのものとはぜんぜん違う！」と。

今にして思えば、要するに彼らは優れてオリジナルであったわけです。他の人には出せない音を出していて、他の人がこれまでやったことのない音楽をやっていて、しかもその質が飛び抜けて高かった。彼らは何か特別なものを持っていた。それは十四歳か十五歳の少年が、貧弱な音の小さなトランジスタ・ラジオ（AM）で聴いても、即座にぱっと理解できる明らかな事実でした。とても簡単な話です。

ところが、彼らの音楽のどこがどうオリジナルなのか、ほかの音楽とどこがどう違うのか、ということを筋道立てて言語化しようとすると、これは至難の業になります。少年である僕にはそんなことはまったく無理だったし、大人になった今でも、そしてこうしていちおう職業的文章家になった今でも、かなりむずかしそうです。そういう説明は少なからず専門的にならざるを得ませんし、そういう風に理屈で説明されても、された方はあまりぴんと来ないかもしれません。実際にその音楽を聴いた方が早いです。聴きゃあわかるだろ、と。

でもビートルズやビーチボーイズの音楽について言いますと、彼らが登場してから既に半世紀が経過しています。ですからそのときに、彼らの音楽が僕らに同時代的に、同時進行的に与えてくれた衝撃が、どれくらい強烈なものであったかというのは、今となってはいささかわかりづらくなっています。

というのは彼らが登場したあと、当然のことながら、ビートルズやビーチボーイズの音楽に影響を受けたミュージシャンが数多く出てきています。そして彼ら（ビートルズやビーチボーイズ）の音楽は既に「ほぼ価値の確定したもの」として、社会にしっかり吸収されてしまっています。すると、今現在十五歳の少年がビートルズやビーチボーイズの音楽を初めてラジオで耳にして「これ、すごいなあ」と感激したとしても、その音楽を「前例のないもの」として劇的に体感することは、事実的に不可能になるかもしれない。

同じことはストラヴィンスキーの『春の祭典』についても言えます。一九一三年にパリでこの曲が初演されたとき、あまりの斬新さに聴衆がついてこられず、会場は騒然として、えらい混乱が生じました。その型破りな音楽に、みんな度肝を抜かれてしまったわけです。しかし演奏回数を重ねるにつれて混乱はだんだん収まり、今ではコンサートの人気曲目になっています。今僕らがコンサートで聴いても、「この音楽のいったいどこが、そんな騒動を引き起こすわけ？」と首をひねってしまうくらいです。その音楽のオリジナリティーが初演時に一般聴衆に与えた衝撃は、「たぶんこういうものであったのだろうな」と頭の中で想像するしかありません。

じゃあオリジナリティーというのは時が経つにつれて色褪せていくものなのか、という疑問が生じるわけですが、これはもうケース・バイ・ケースです。オリジナリティーは多くの場合、許容と慣れによって、当初の衝撃力を失ってはいきますが、そのかわりにそれらの作品は――もしその内容が優れ、幸運に恵まれればということですが――「古典」（あるいは「準古典」）へと格上げされていきます。そして広く人々の敬意を受けるようになります。『春の祭典』を聴いても、現代の聴衆はそれほど戸惑ったり混乱したりしませんが、今でもやはりそこに時代を超えた新鮮さや迫力を体感することはできます。そしてその体感はひとつの大事な「レファレンス（参照事項）」として人々の精神（サイキ）に取り込まれていきます。つまり音楽を愛好する人々の基礎的な滋養となり、価値判断基準の一部となるわけです。極端な言い方をすれば、『春の祭典』を聴いたことのある人と、聴いたことのない人とでは、音楽に対する認識の深度にいくらかの差が出てくることになります。どれくらいの差か、具体的には特定できませんが、何かしらの差が生じるのは間違いないところでしょう。

　マーラーの音楽の場合は少し事情が違います。彼の作曲した音楽は当時の人々には正当には理解されませんでした。一般の人々は――あるいはまわりの音楽家さえ――彼の音楽をおおむね「不快で、醜くて、構成にしまりがなく、まわりくどい音楽」として捉（とら）えていたようです。今から思えば彼は交響曲という既成のフォーマットを「脱構築」したということになるのでしょうが、当時はまったくそういう風には理解されなかった。どちらかといえばむしろ後ろ向きの「いけてない」音楽として、仲間の音楽家たちから軽んじられていたようです。マーラーがいちおう世間に受け入れられていたのは、彼が非常に優れた「指揮者」であったからです。彼の死後、マーラーの音楽の多くは忘れ去られました。オーケストラは彼の作品を演奏することをあまり喜ばなかったし、聴衆もとくに聴きたがらなかった。彼の弟子や数少ない信奉者たちが、火を絶やさないように大事に演奏し続けてきただけです。

しかし一九六〇年代に入ってマーラーの音楽の劇的なまでのリバイバルがあり、今ではその音楽はコンサートには欠かせない重要な演目となっています。人々は好んで彼のシンフォニーに耳を傾けます。それはスリリングで、精神を揺さぶる音楽として我々の心に強く響きます。つまり現代に生きる我々が時代を超えて、彼のオリジナリティーを掘り起こしたということになるかもしれません。時としてそういうことも起こり得ます。シューベルトのあの素晴らしいピアノソナタ群だって、彼の生きている間はほとんど演奏されませんでした。それらがコンサートで熱心に演奏されるようになったのは、二十世紀も後半になってからのことです。

セロニアス・モンクの音楽も優れてオリジナルです。僕らは――少しでもジャズに興味を持つ人であればということですが――セロニアス・モンクの音楽をけっこう頻繁に耳にしていますから、今さら聴いてもそれほどびっくりしない。音を聴いて「あ、これはモンクの音楽だ」と思うくらいです。でも彼の音楽がオリジナルであることは、誰の目にも明らかです。同時代のほかのジャズ・ミュージシャンの演奏する音楽とは、音色も構造もぜんぜん違います。彼は自分の作ったユニークなメロディーラインを持つ音楽を、独自のスタイルで演奏します。そしてその音楽は、聴いている人の心を動かします。彼の音楽は長いあいだ適正な評価を得ることができませんでしたが、少数の人々が強く彼を支持し続けた結果、徐々に一般的にも受け入れられるようになりました。そのようにしてセロニアス・モンクの音楽は今では、僕らの身体の中にある音楽認知システムの自明の、そして欠くことのできない一部になっています。言い換えれば「古典」となっているわけです。

　絵画や文学の分野においても同じことが言えます。ゴッホの絵や、ピカソの絵は、最初のうちずいぶん人を驚かせたし、場合によっては不快な気持ちにもさせました。しかし今では彼らの絵を見て心を乱されたり、不快な気持ちになる人はあまりいないと思います。むしろ大多数の人々は、彼らの絵を目にして感銘を受けたり、前向きな刺激を受けたり、癒（いや）されたりします。それは時間の経過とともに彼らの絵がオリジナリティーを失ったからではなく、人々の感覚がそのオリジナリティーに同化し、それを「レファレンス」として自然に体内に吸収していったからです。

同じように、夏目漱石の文体やアーネスト・ヘミングウェイの文体も、今では古典となり、またレファレンスとして機能しています。漱石やヘミングウェイも、しばしば同時代の人々にその文体を批判され、あるときには揶揄（やゆ）されたものです。彼らのスタイルに強い不快感を抱く人々も当時は少なからずいました（その多くは当時の文化的エリートです）。しかし今日に至るまで、彼らの文体はひとつのスタンダードとして機能しています。もし彼らの作り上げた文体が存在しなかったら、現在の日本小説やアメリカ小説の文体は、今とは少し違ったものになっていたんじゃないかという気がします。更に言えば、漱石やヘミングウェイの文体は、日本人の、あるいはアメリカ人のサイキの一部として組み込まれている、ということになるかもしれません。

そのように過去において「オリジナルであった」ものを取り上げて、今の時点から分析するのは比較的容易です。ほとんどの場合、消え去るべきものは既に消え去ってしまっていますから、残ったものだけを取り上げて、安心して評価することができます。しかし多くの実例が示すように、同時代的に存在するオリジナルな表現形態に感応し、それを現在進行形で正当に評価するのは簡単なことではありません。なぜならそれは同時代の人の目には、不快な、不自然な、非常識的な――場合によっては反社会的な――様相を帯びているように見えることが少なくないからです。あるいはただ単に愚かしく見えるだけかもしれません。いずれにせよそれは往々にして、驚きと同時にショックや反撥を引き起こすことになります。多くの人々は自分に理解できないものを本能的に憎みますし、とくに既成の表現形態にどっぷり浸かって、その中で地歩を築いてきたエスタブリッシュメントにとって、それは唾棄すべき対象ともなり得ます。下手をするとそれは、自分たちの立っている地盤を突き崩しかねないからです。

もちろんビートルズは現役で演奏しているときから、若者たちを中心に絶大な人気を得ていましたが、これはむしろ特殊な例だと思います。とはいっても、ビートルズの音楽がその当時から世間一般に広く受け入れられた、ということではありません。彼らの音楽は一過性の大衆音楽だと思われていたし、クラシック音楽なんかに比べるとずっと価値の低いものだと見なされていました。エスタブリッシュメントに属する人々の多くは、ビートルズの音楽を不快に感じていたし、その気持ちを機会あるごとに率直に表明しました。とくに初期のビートルズのメンバーが採用したヘアスタイルやファッションは、今から思うと嘘のようですが、大きな社会問題になり、大人たちの憎しみの対象となりました。ビートルズのレコードを破棄したり、焼き捨てたりする示威行動も各地で熱心におこなわれました。彼らの音楽の革新性と質の高さが、一般社会で正当に評価されるようになったのは、むしろ後世になってからです。彼らの音楽が揺るぎなく「古典」化してからです。

ボブ・ディランも一九六〇年代半ばに、アコースティック楽器だけを使ったいわゆる「プロテスト・フォークソング」のスタイル（それはウディー・ガスリーやピート・シーガーといった先人から受け継いだものでした）を捨てて、電気楽器を使うようになったときには、従来の支持者の多くから「ユダ」「商業主義に走った裏切り者」と悪し様（あしざま）に罵（ののし）られました。でも今では彼が電気楽器を使い出したことを批判するような人はほとんどいないはずです。彼の音楽を時系列的に聴いていけば、それがボブ・ディランという自己革新力を具（そな）えたクリエーターにとって、あくまで自然で必須（ひっす）な選択であったことが理解できるからです。でも彼のオリジナリティーを、「プロテスト・フォークソング」という狭義のカテゴリーの檻（おり）に押し込めようとする当時の（一部の）人々にとって、それは「裏切り」「背信」以外の何ものでもなかったのです。

ビーチボーイズも現役のバンドとしてたしかに人気はあったけれど、音楽的リーダーであるブライアン・ウィルソンは、オリジナルな音楽を創作しなくてはならないという重圧のために神経を病んで、長期間にわたる実質的な引退状態を余儀なくされました。そして傑作『ペット・サウンズ』以降の彼の緻密（ちみつ）な音楽は、「ハッピーなサーフィン・サウンド」を期待する一般リスナーにはあまり歓迎されないものになっていきました。それはどんどん複雑で難解なものになっていきました。僕もある時点から彼らの音楽にはあまりぴんと来なくなって、だんだん遠ざかっていった人間の一人です。今聴き直してみると「ああ、こういう方向性を持つ素晴らしい音楽だったんだな」と思うんだけど、当時は正直言ってその良さがよくわからなかった。オリジナリティーというのは、それが実際に生きて移動しているときには、なかなか形を見定めがたいものなのです。

僕の考えによれば、ということですが、特定の表現者を「オリジナルである」と呼ぶためには、基本的に次のような条件が満たされていなくてはなりません。

(1)　ほかの表現者とは明らかに異なる、独自のスタイル（サウンドなり文体なりフォルムなり色彩なり）を有している。ちょっと見れば（聴けば）その人の表現だと（おおむね）瞬時に理解できなくてはならない。

(2)　そのスタイルを、自らの力でヴァージョン・アップできなくてはならない。時間の経過とともにそのスタイルは成長していく。いつまでも同じ場所に留まっていることはできない。そういう自発的・内在的な自己革新力を有している。

(3)　その独自のスタイルは時間の経過とともにスタンダード化し、人々のサイキに吸収され、価値判断基準の一部として取り込まれていかなくてはならない。あるいは後世の表現者の豊かな引用源とならなくてはならない。

もちろんすべての項目をしっかり満たさなくてはならない、ということではありません。(1)と(3)は十分クリアしているけれど(2)はちょっと弱い、というケースもあるでしょうし、(2)と(3)は十分クリアしているけれど(1)はちょっと弱い、というものもあるでしょう。しかし「多かれ少なかれ」という範囲でこの三項目を満たすことが、「オリジナルである」ことの基本的な条件になるかもしれません。

こうしてまとめてみるとわかるように、(1)はともかく、(2)と(3)に関してはある程度の「時間の経過」が重要な要素になります。要するに一人の表現者なり、その作品なりがオリジナルであるかどうかは、「時間の検証を受けなくては正確には判断できない」ということになりそうです。あるとき独自のスタイルを持った表現者がぽっと出てきて、世間の耳目を強く引いたとしても、もし彼なり彼女なりがあっという間にどこかに消えてしまったとしたら、あるいは飽きられてしまったとしたら、彼なり彼女なりが「オリジナルであった」と断定することはかなりむずかしくなります。多くの場合ただの「一発屋」で終わってしまいます。

実際の話、僕はこれまで様々な分野において、そういう人々を目にしてきました。そのときには目新しく斬新で、「ほうっ」と感心するんだけど、いつの間にか姿を見かけなくなってしまう。そして何かの拍子に「ああ、そういえば、あんな人もいたっけな」とふと思い起こすだけの存在になってしまいます。そういう人々にはたぶん持続力や自己革新力が欠けていた、ということなのでしょう。そのスタイルの質がどうこうという以前に、ある程度の*かさ*の実例を残さなければ「検証の対象にすらならない」ということになります。いくつかのサンプルを並べ、いろんな角度から眺めないと、その表現者のオリジナリティーが立体的に浮かび上がってこないからです。

たとえばもしベートーヴェンがその生涯を通じて、九番シンフォニーただ一曲しか作曲していなかったとしたら、ベートーヴェンがどういう作曲家であったかという像はうまく浮かんでこないのではないでしょうか。その巨大な曲がどういう作品的意味を持ち、どれほどのオリジナリティーを持っているかというようなことも、その単体だけではつかみづらいはずです。シンフォニーだけ取り上げても、一番から九番までの「実例」がいちおうクロノロジカルに我々に与えられているからこそ、九番シンフォニーという音楽の持つ偉大性も、その圧倒的なオリジナリティーも、僕らには立体的に、系列的に理解できるわけです。

あらゆる表現者がおそらくそうであるように、僕も「オリジナルな表現者」でありたいと願っています。しかしそれは先にも述べたように、自分一人で決められることではありません。僕がどれだけ「僕の作品はオリジナルです！」と大声で叫んだところで、あるいはまた批評家やメディアが何かの作品を「これはオリジナルだ！」と言い立てたところで、そんな声はほとんど風に吹き消されてしまいます。何がオリジナルで、何がオリジナルではないか、その判断は、作品を受け取る人々＝読者と、「然（しか）るべく経過された時間」との共同作業に一任するしかありません。作家にできるのは、自分の作品が少なくともクロノロジカルな「実例」として残れるように、全力を尽くすことしかありません。つまり納得のいく作品をひとつでも多く積み上げ、意味のあるかさをつくり、自分なりの「作品系」を立体的に築いていくことです。

ただ僕にとってひとつ救いになるというか、少なくとも救いの可能性となるのは、僕の作品が多くの文芸批評家から嫌われ、批判されてきたという事実です。ある高名な評論家からは「結婚詐欺」呼ばわりされたこともあります。たぶん「内容もないくせに、読者を適当にだまくらかしている」ということなのでしょう。小説家の仕事には多かれ少なかれ手品師（illusionist）のような部分がありますから、「詐欺師」と呼ばれるのはある意味、逆説的な賞賛なのかもしれません。そう言われて「やったぞ！」と喜んだ方がいいのかもしれません。しかし言われる――というか現実には活字になって世間に流布されるわけですが――方にしてみれば、正直言ってあまり愉快なものではありません。手品師はちゃんとした生業だけど、結婚詐欺というのは犯罪ですから、そういう表現はやはりいささか礼節に欠けるのではないかという気がします（あるいはディセンシーの問題ではなく、ただ比喩の選択が粗雑だったというだけのことかもしれませんが）。

　もちろん中には、僕の作品をそれなりに評価してくれる文芸関係者もいましたが、数も少なく、声も小さかった。業界全体的にみれば「イエス」よりは「ノー」の声の方が圧倒的に大きかったと思います。当時もし僕が池で溺れかけていたおばあさんを、池に飛び込んで助けたとしても、たぶんだいたい悪く言われただろうと――半ば冗談で半ば本気で――思います。「見え透いた売名行為だ」とか「おばあさんはきっと泳げたはずだ」とか。

僕は最初のうち、自分でも作品の出来にあまり納得できずにいたので、「そう言われれば、そうかもしれない」というくらいに批判を素直に受け止めていた、というか、おおむね受け流していたのですが、歳月を経てある程度――もちろんあくまである程度ですが――自分で納得のいくものが書けるようになっても、僕の作品に対する批判は弱まりはしなかった。いや、むしろますます風圧が強くなったようでした。テニスで言えば、サーブしようと上げたボールが、コートの外に流されていってしまうくらい。

つまり僕が書くものは、出来不出来にあまり関係なく、少なからぬ数の人々を終始「不快な気持ちにさせ続けてきた」ということになりそうです。もちろんある表現形態が人々の神経を逆なでするからといって、それがオリジナルであるということにはなりません。当たり前の話ですね。ただ「不快なもの」「どこか間違ったもの」だけで終わってしまう例の方がずっと多いでしょう。しかしそれは、作品がオリジナルであることのひとつの条件になり得るかもしれない。僕は誰かに批判されるたびに、できるだけ前向きにそう考えるように努めてきました。生ぬるいありきたりの反応しか呼び起こせないより、たとえネガティブであれ、しっかりした反応を引き出した方がいいじゃないか、と。

ポーランドの詩人ズビグニェフ・ヘルベルトは言っています。「源泉にたどり着くには流れに逆らって泳がなければならない。流れに乗って下っていくのはゴミだけだ」（ロバート・ハリス『アフォリズム』サンクチュアリ出版）と。なかなか勇気づけられる言葉ですね。

僕は一般論があまり好きではありませんが、あえて一般論を言わせていただくなら（すみません）、日本においてあまり普通ではないこと、他人と違うことをやると、数多くのネガティブな反応を引き起こすというのは、まず間違いのないところでしょう。日本という国が良くも悪くも調和を重んじる（波風をたてない）体質の文化を有していることもありますし、文化の一極集中傾向が強いこともあります。言い換えれば、枠組みが堅くなりやすく、権威が力を振るいやすいわけです。

とくに文学においては、戦後長い期間にわたって「前衛か後衛か」「右派か左派か」「純文学か大衆文学か」といった座標軸で、作品や作家の文学的立ち位置が細かくチャートされてきました。そして大手出版社（ほとんどは東京に集中しています）の発行する文芸誌が「文学」なるものの基調を設定し、様々な文学賞を作家に与えることで（いわば餌を撒くことで）、その追認をおこなってきました。そんながっちりとした体制の中で、作家が個人的に「反乱」を起こすことはなかなか容易ではなくなってしまった。座標軸から外れることは即ち、文芸業界内での孤立（餌がまわってこなくなること）を意味するからです。

僕が作家としてデビューしたのは一九七九年ですが、その頃でもまだそういう座標軸は、業界的にかなりしっかり機能していました。つまりシステムの「しきたり」は依然として力を持っていたわけです。「そういうのは前例がありません」「それが慣例ですから」みたいな言葉を、編集者の口からしばしば耳にしました。僕は作家というのは、制約なんかなしに好きなことができる、自由な職業だという印象を持っていたので、そういう言葉を聞かされるたびに「どうなっているんだろう？」と首をひねってしまったものです。

僕はもともと争いや喧嘩を好む性格ではないので（本当に）、そのような「しきたり」「業界不文律」に逆らおうというような意識はとくに持ち合わせていませんでした。ただきわめて個人的な考え方をする人間なので、せっかくこうして（いちおう）小説家になれたんだから、そして人生はたった一度しかないんだから、とにかく自分のやりたいことを、やりたいようにやっていこうと最初から腹を決めていました。システムはシステムでやっていけばいいし、こちらはこちらでやっていけばいい。僕は六〇年代末のいわゆる「反乱の時代」をくぐり抜けてきた世代に属していますし、「体制に取り込まれたくない」という意識はそれなりに強かったと思います。でも同時に、というかそれより前に、仮にも表現者の端くれとして、何より精神的に自由でありたかったのです。自分の書きたい小説を、自分に合ったスケジュールに沿って、自分の好きなように書きたかった。それが作家である僕にとっての最低限の自由であると考えていました。

そしてどういう小説を自分が書きたいか、その概略は最初からかなりはっきりしていました。「今はまだうまく書けないけれど、先になって実力がついてきたら、本当はこういう小説が書きたいんだ」という、あるべき姿が頭の中にありました。そのイメージがいつも空の真上に、北極星みたいに光って浮かんでいたわけです。何かあれば、ただ頭上を見上げればよかった。そうすれば自分の今の立ち位置や、進むべき方向がよくわかりました。もしそういう定点がなかったなら、たぶん僕はあちこちでけっこう行き惑っていたのではないかと思います。

そのような自分の体験から思うのですが、自分のオリジナルの文体なり話法なりを見つけ出すには、まず出発点として「自分に何かを加算していく」よりはむしろ、

「自分から何かをマイナスしていく」という作業が必要とされるみたいです。考えてみれば、僕らは生きていく過程であまりに多くのものごとを抱え込んでしまっているようです。情報過多というか、荷物が多すぎるというか、与えられた細かい選択肢があまりに多すぎて、自己表現みたいなことをしようと試みるとき、それらのコンテンツがしばしばクラッシュを起こし、時としてエンジン・ストールみたいな状態に陥ってしまいます。そして身動きがとれなくなってしまう。とすれば、とりあえず必要のないコンテンツをゴミ箱に放り込んで、情報系統をすっきりさせてしまえば、頭の中はもっと自由に行き来できるようになるはずです。

それでは、何がどうしても必要で、何がそれほど必要でないか、あるいはまったく不要であるかを、どのようにして見極めていけばいいのか？

これも自分自身の経験から言いますと、すごく単純な話ですが、「それをしているとき、あなたは楽しい気持ちになれますか？」というのがひとつの基準になるだろうと思います。もしあなたが何か自分にとって重要だと思える行為に従事していて、もしそこに自然発生的な楽しさや喜びを見出（みいだ）すことができなければ、それをやりながら胸がわくわくしてこなければ、そこには何か間違ったもの、不調和なものがあるということになりそうです。そういうときはもう一度最初に戻って、楽しさを邪魔している余分な部品、不自然な要素を、片端から放り出していかなくてはなりません。

ただそれは口で言うほど簡単にはできないことかもしれない。『風の歌を聴け』を書いて、それが「群像」の新人賞を取ったとき、僕が当時経営していた店を、高校時代の同級生が訪ねてきて、「あれくらいのものでよければ、おれだって書ける」と言って帰って行きました。そう言われて、もちろんちょっとむっとはしたけれど、それと同時にわりに素直に「まあたしかにあいつの言うとおりかもしれない。あれくらいのものなら、たぶん誰だって書けるだろうしな」とも思いました。僕は頭に浮かんだことを、簡単な言葉を使ってただすらすらと書き留めただけです。むずかしい言葉や、凝った表現や、流麗な文体、そんなものはひとつも使っていません。言うなれば「すかすか」同然のものです。とはいえその同級生がそのあと自分の小説を書いたという話は耳にしていません。もちろん彼は「あの程度のすかすかの小説が通用する世の中なら、あえておれが書く必要もないだろう」と思って、そのまま何も書かなかったのかもしれない。もしそうだとしたら、それはひとつの見識というべきかもしれません。

でも今にして思えば、彼の言うところの「あれくらいのもの」は、小説家を志す人間にとっては、かえって書きにくいものだったのかもしれない。そういう気がします。

頭の中から「なくてもいい」コンテンツを片端から放り出して、ものごとを「引き算」的に単純化し簡略化していくというのは、頭で考えるほど、口で言うほど簡単にはできないことだったのかもしれません。僕は「小説を書く」ということに最初からあまり思い入れがなかったので、無欲が幸いしてというか、逆にあっさりとそれができてしまったのかもしれません。

何はともあれ、それが僕の出発点でした。僕はそのいわば「すかすか」の風通しの良いシンプルな文体から始め、時間をかけて一作ごとに、そこに少しずつ自分なりの肉付けを加えていきました。ストラクチャーをより立体的に重層的にし、骨格を少しずつ太くして、より大がかりで複雑な物語をそこに詰め込める態勢を整えていきました。それにつれて小説の規模も次第に大きなものになっていきました。前にも言ったように「こういう小説をゆくゆくは書きたいんだ」というおおよそのイメージは自分の中にあったわけですが、進行のプロセス自体は意図的というより、むしろ自然なものでした。あとになって振り返ってみて「ああ、結局そういう流れだったんだな」と気づいたことで、最初からきちんと計画してやったことではありません。

もし僕の書く小説にオリジナリティーと呼べるものがあるとしたら、それは「自由さ」から生じたものであるだろうと考えています。僕は二十九歳になったときに、ました。

「小説を書きたい」とごく単純にわけもなく思い立って、初めて小説を書きました。だから欲もなかったし、「小説とはこのように書かなくてはならない」という制約みたいなものもありませんでした。今の文芸状況がどのようなものかという知識もまったく持ち合わせていなかったし、尊敬し、モデルとするような先輩作家も（幸か不幸か）いませんでした。そのときの自分の心のあり方を映し出す自分なりの小説が書きたかった——ただそれだけです。そういう率直な衝動を身のうちに強く感じたから、あとさきのことなんて考えずに、机に向かってやみくもに文章を書き始めたわけです。ひとことで言えば「肩に力が入っていなかった」ということでしょう。そして書いている間は楽しかったし、自分が自由であるというナチュラルな感覚を持つことができました。

僕は思うのですが（というか、そう望んでいるのですが）、そのような自由でナチュラルな感覚こそが、僕の書く小説の根本にあるものです。それが起動力になっています。車にたとえればエンジンです。あらゆる表現作業の根幹には、常に豊かで自発的な喜びがなくてはなりません。オリジナリティーとはとりもなおさず、そのような自由な心持ちを、その制約を持たない喜びを、多くの人々にできるだけ生（なま）のまま伝えたいという自然な欲求、衝動のもたらす結果的なかたちに他ならないのです。

そして純粋に内的な衝動というものは、それ自体のフォームやスタイルを、自然に自発的に身につけて出てくるものだということになるかもしれません。それは人為的に作り出されるものではありません。頭の切れる人がいくら知恵をしぼっても、図式を使っても、なかなかうまくこしらえられるものではないし、たとえこしらえられたとしても、おそらく長続きしないはずです。根がしっかり地中に張っていない植物と同じです。しばらく雨が降らなければ、それはほどなく活力を失い、しおれて枯れてしまいます。あるいはちょっと強い雨が降ったら、土壌ごとどこかに流されてしまいます。

　これはあくまで僕の個人的な意見ですが、もしあなたが何かを自由に表現したいと望んでいるなら、「自分が何を求めているか?」というよりはむしろ「何かを求めていない自分とはそもそもどんなものか?」ということを、そのような姿を、頭の中でヴィジュアライズしてみるといいかもしれません。「自分が何を求めているか?」という問題を正面からまっすぐ追求していくと、話は避けがたく重くなります。そして多くの場合、話が重くなればなるほど自由さは遠のき、フットワークが鈍くなります。フットワークが鈍くなれば、文章はその勢いを失っていきます。勢いのない文章は人を──あるいは自分自身をも──惹きつけることができません。

それに比べると「何かを求めていない自分」というのは蝶のように軽く、ふわふわと自由なものです。手を開いて、その蝶を自由に飛ばせてやればいいのです。そうすれば文章ものびのびしてきます。考えてみれば、とくに自己表現なんかしなくたって人は普通に、当たり前に生きていけます。しかし、にもかかわらず、あなたは何かを表現したいと願う。そういう「にもかかわらず」という自然な文脈の中で、僕らは意外に自分の本来の姿を目にするかもしれません。

僕は三十五年くらいずっと小説を書き続けていますが、英語で言う「ライターズ・ブロック」、つまり小説が書けなくなるスランプの時期を一度も経験していません。書きたいのに書けないという経験は一度もないということです。そういうと「すごく才能が溢れている」みたいに聞こえるかもしれませんが、そんなわけではなく、実はとても単純な話で、僕の場合、小説を書きたくないときには、あるいは書きたいという気持が湧いてこないときには、まったく書かないからです。書きたいと思ったときにだけ、「さあ、書こう」と決意して小説を書きます。そうじゃないときにはだいたい翻訳（英語→日本語）の仕事をしています。翻訳は基本的に技術的な作業なので、表現意欲とは関係なくほぼ日常的に仕事ができますし、同時にまた文章を書くためのとても良い勉強になります（もし翻訳をしていなくても、何かそれに類する作業を見つけていたと思います）。また気が向けばエッセイなんかを書くこともあります。そういうことをぼちぼちとやりながら、「べつに小説を書かなくたって死ぬわけじゃないんだし」と開き直って生きています。

でもしばらく小説を書かないでいると、「そろそろ小説を書いてもいいかな」という気持ちになってきます。雪解けの水がダムに溜まるみたいに、表現するべきマテリアルが内側に蓄積されてくるわけです。そしてある日、我慢できずに（というのがおそらく最良のケースです）机に向かって新しい小説を書き始めます。「今はあまり小説を書きたい気持ちじゃないんだけど、雑誌の注文を受けているからしょうがない、何か書かなくては」みたいなことはありません。約束もしないから、締め切りもありません。ですからライターズ・ブロックみたいな苦しみも、僕には無縁であるわけです。それは、あえて言うまでもないことですが、僕にとってはずいぶん精神的に楽なことです。物書きにとって、とくに何も書きたくないときに何かを書かなくてはならないというくらいストレスフルなことはありませんから（そうでもないのかな？　僕の方がむしろ特殊なのだろうか？）。

最初の話に戻りますが、「オリジナリティー」という言葉を口にするとき、僕の頭に浮かぶのは十代初めの僕自身の姿です。自分の部屋で小さなトランジスタ・ラジオの前に座り、生まれて初めてビーチボーイズを聴き（『サーフィンUSA』）、ビートルズを聴いています（『プリーズ・プリーズ・ミー』）。そして心を震わせ、「これはなんと素晴らしい音楽だろう。こんな響きはこれまで耳にしたことがなかった」と思っています。その音楽は僕の魂の新しい窓を開き、その窓からこれまでにない新しい空気が吹き込んできます。そこにあるのは幸福な、そしてどこまでも自然な高揚感です。いろんな現実の制約から解き放たれ、自分の身体が地上から数センチだけ浮き上がっているような気がします。それが僕にとっての「オリジナリティー」というもののあるべき姿です。とても単純に。

このあいだ「ニューヨーク・タイムズ」（2014/2/2）を読んでいたら、デビュー当時のビートルズについてこのように書いてありました。

They produced a sound that was fresh, energetic and unmistakably their own.
（彼らの創り出すサウンドは新鮮で、エネルギーに満ちて、そして間違いなく彼ら自身のものだった）

とてもシンプルな表現だけど、これがオリジナリティーの定義としてはいちばんわかりやすいかもしれませんね。「新鮮で、エネルギーに満ちて、そして間違いなくその人自身のものであること」。

オリジナリティーとは何か、言葉を用いて定義するのはとてもむずかしいけれど、それがもたらす心的状態を描写し、再現することは可能です。そして僕はできることなら小説を書くことによって、そのような「心的状態」を自分の中にもう一度立ち上げてみたいといつも思っています。なぜならそれは実に素晴らしい心持ちであるからです。今日という一日の中に、もうひとつ別の新しい一日が生じたような、そんなすがすがしい気持ちがします。

そしてもしできることなら、僕の本を読んでくれる読者にも、それと同じ心持ちを味わっていただきたい。人々の心の壁に新しい窓を開け、そこに新鮮な空気を吹き込んでみたい。それが小説を書きながら常に僕の考えていることであり、希望していることです。理屈なんか抜きで、ただただ単純に。

第五回　さて、何を書けばいいのか？

小説家になるためには、どんな訓練なり習慣が必要だと思いますか？　若い人たちを相手に質疑応答みたいなことをしていると、そういう質問をよく受けます。それは世界中どこでもだいたい同じみたいです。それだけ「小説家になりたい」「自己表現をしたい」と考えている人が数多くいるということなんだと思うんですが、これはとても答えるのがむずかしい質問です。少なくとも僕は「ううむ」と腕組みしてしまいます。

というのは、自分がいったいどうやって小説家になったか、それさえよく把握できていないからです。若い頃から「ゆくゆくは小説家になろう」と心を決め、そのための特別な勉強をしたり、訓練を受けたり、習作を積み重ねたりして、段階を踏んで小説家になったわけではありません。これまでの僕の人生における多くのものごとの展開がそうであったように、「あれこれやっているうちに、なんだか勢いと成り行きでこうなってしまった」というところがあります。運に助けられた部分もけっこうあります。振り返ってみればそらおそろしい話ですが、でも実際にそうなんだから仕方ありません。

それでも、若い人たちから「小説家になるためにどんな訓練なり習慣が必要だと思うか?」と真剣な面持ちで質問されると、「いや、そんなことちょっとわかりませんね。すべては勢いと成り行きみたいなものですし、運も大きいですから。考えたら、おっかない話ですよね」みたいにあっさり片づけてしまうわけにもいきません。そんなことを言われても、向こうだって困るでしょう。場がしらけちゃうかもしれない。だから僕としてもいちおう真剣に正面から「さて、どういうものかな」と考えてみます。

それで僕は思うのですが、小説家になろうという人にとって重要なのは、とりあえず本をたくさん読むことでしょう。実にありきたりな答えで申し訳ないのですが、これはやはり小説を書くための何より大事な、欠かせない訓練になると思います。小説を書くためには、小説というのがどういう成り立ちのものなのか、それを基本から体感として理解しなくてはなりません。「オムレツを作るためにはまず卵を割らなくてはならない」というのと同じくらい当たり前のことですね。

とくに年若い時期には、一冊でも多くの本を手に取る必要があります。優れた小説も、それほど優れていない小説も、あるいはろくでもない小説だって（ぜんぜん）かまいません、とにかくどしどし片端から読んでいくこと。少しでも多くの物語に身体（からだ）を通過させていくこと。たくさんの優れた文章に出会うこと。ときには優れていない文章に出会うこと。それがいちばん大事な作業になります。小説家にとっての、なくてはならない基礎体力になります。目が丈夫で、暇があり余っているうちにそれをしっかりすませておく。実際に文章を書くというのもおそらく大事なことなのでしょうが、順位からすればそれはもっとあとになってからでじゅうぶん間に合うんじゃないかという気がします。

その次に——おそらく実際に手を動かして文章を書くより先に——来るのは、自分が目にする事物や事象を、とにかく子細に観察する習慣をつけることじゃないでしょうか。まわりにいる人々や、周囲で起こるいろんなものごとを何はともあれ丁寧に、注意深く観察する。そしてそれについてあれこれ考えをめぐらせる。しかし「考えをめぐらせる」といっても、ものごとの是非や価値についてて早急に判断を下す必要はありません。結論みたいなものはできるだけ留保し、先送りするように心がけます。大事なのは明瞭（めいりょう）な結論を出すことではなく、そのものごとのありようを、素材＝マテリアルとして、なるたけ現状に近い形で頭にありありと留めておくことです。

よくまわりの人々やものごとをささっとコンパクトに分析し、「あれはこうだよ」「これはああだよ」「あいつはこういうやつなんだよ」みたいに明確な結論を短時間のうちに出す人がいますが、こういう人は（僕の意見では、ということですが）あまり小説家には向いていません。どちらかといえば評論家やジャーナリストに向いていま す。あるいは（ある種の）学者に向いています。小説家に向いているのは、たとえ「あれはこうだよ」みたいな結論が頭の中で出たとしても、あるいはつい出そうになっても、「いやいや、ちょっと待て。ひょっとしてそれはこっちの勝手な思い込みかもしれない」と、立ち止まって考え直すような人です。「そんなに簡単にはものごとは決められないんじゃないか。先になって新しい要素がひょこっと出てきたら、話が一八〇度ひっくり返ってしまうかもしれないぞ」とか。

僕はどうやらそちらのタイプみたいです。もちろん頭の回転がそんなに速くないということもありますが（かなりある）、その時点で早急に結論を出したものの、あとになってみると、そこで出てきた結論が正しくなかった（あるいは不正確であった、不十分であった）ことが判明したという苦い経験を、これまでに幾度となく繰り返してきたからです。それでずいぶん恥じ入ったり、冷や汗をかいたり、無駄な回り道をしたりしたものです。そのせいで「すぐにはものごとの結論を出さないようにしよう」「できるだけ時間をかけて考えよう」という習慣が、僕の中に徐々に形作られていったような気がします。これは生来の性向というよりは、むしろ後天的に経験的に、痛い目にあいながら身についたものみたいです。

そんなわけで僕の場合、何かが持ち上がっても、それについてすぐに何かしら結論を出すという方には頭が働きません。それよりはむしろ自分が目撃した光景を、出会った人々を、あるいは経験した事象を、あくまでひとつの「事例」として、言うなればサンプルとして、できるだけありのままの形で記憶に留めておこうと努めます。そうすればそれについて後日、もっと気持ちが落ち着いたときに、時間の余裕があるときに、いろんな方向から眺めて注意深く検証し、必要に応じて結論を引き出すこともできるからです。

しかし僕の経験から申し上げますと、結論を出す必要に迫られるものごとというのは、僕らが考えているよりずっと少ないみたいです。僕らは――短期的なものであるにせよ、長期的なものであるにせよ――結論というものを本当はそれほど必要としていないんじゃないかという気がするくらいです。だから新聞記事を読んだり、テレビのニュースを見たりするたびに僕としては、「おいおい、そんなにとんとんと結論ばかり出して、いったいどうするんだ？」と首をひねってしまいます。

だいたいにおいて今の世の中は、あまりにも早急に「白か黒か」という判断を求めすぎているのではないでしょうか? もちろん何もかもを「また今度、そのうちに」と先送りにするわけにはいかないとは思います。とりあえず判断を下さなくてはならないものごともいくつかはあるでしょう。極端な例をあげれば、「戦争が起こるか起こらないか」「原発を明日から動かすか動かさないか」みたいなことであれば、僕らは何はともあれ早急に立場をはっきりさせなくてはなりません。そうしないとえらいことになってしまいかねない。しかしそういう切羽詰まったことはそれほど頻繁にはないはずです。情報収集から結論提出までの時間がどんどん短縮され、誰もがニュース・コメンテーターか評論家みたいになってしまったら、世の中はぎすぎすした、ゆとりのないものになってしまいます。あるいはとても危ういものになってしまいます。よくアンケートなんかで「どちらともいえない」という項目がありますが、僕としてはむしろ「今のところどちらともいえない」という項目があるといいなと、いつも思ってしまいます。

まあ世の中は世の中として、とにかく小説家を志す人のやるべきは、素早く結論を取り出すことではなく、マテリアルをできるだけありのままに受け入れ、蓄積することであると僕は考えます。そういう原材料をたくさん貯め込める「余地」を自分の中にこしらえておくことです。とはいえ「できるだけありのままに」といっても、そこにあるすべてをそっくりそのまま記憶することは現実的に不可能です。僕らの記憶の容量には限度があります。ですからそこには最小限のプロセス＝情報処理みたいなものが必要になってきます。

多くの場合、僕が進んで記憶に留めるのは、ある事実の（ある人物の、ある事象の）興味深いいくつかの細部です。全体をそっくりそのまま記憶するのはむずかしいから（というか、記憶したところでたぶんすぐに忘れてしまうから）、そこにある個別の具体的なディテールをいくつか抜き出し、それを思い出しやすいかたちで頭に保管しておくように心がけます。それが僕の言うところの「最小限のプロセス」です。

それはどのような細部か？「あれっ」と思うような、具体的に興味深い細部です。できればうまく説明がつかないことの方がいい。理屈と合わなかったり、筋が微妙に食い違っていたり、何かしら首を傾(かし)げたくなったり、ミステリアスだったりしたら言うことはありません。そういうものを採集し、簡単なラベル（日付、場所、状況）みたいなものを貼(は)り付けて、頭の中に保管しておきます。言うなれば、そこにある個人的なキャビネットの抽斗(ひきだし)にしまっておくわけです。もちろんそういう専用のノートを作って、そこに書き留めておいてもいいんですが、僕はどちらかといえばただ頭に留める方を好みます。ノートをいつも持ち歩くのも面倒ですし、いったん文字にしてしまうと、それで安心してそのまま忘れてしまうということがよくあるからです。頭の中にいろんなことをそのまま放り込んでおくと、消えるべきものは消え、残るべきものは残ります。僕はそういう記憶の自然淘汰(とうた)みたいなものを好むわけです。

僕の好きな話があります。詩人のポール・ヴァレリーが、アルベルト・アインシュタインにインタビューしたとき、彼は「着想を記録するノートを持ち歩いておられますか?」と質問しました。アインシュタインは穏やかではあるけれど、心底驚いた顔をしました。そして「ああ、その必要はありません。着想を得ることはめったにないですから」と答えました。

たしかに、そう言われてみれば、僕にも「今ここにノートがあればな」と思うようなことって、これまでほとんどなかったですね。それに本当に大事なことって、一度頭に入れてしまったら、そんなに簡単には忘れないものです。

いずれにせよ、小説を書くときに重宝するのは、そういう具体的細部の豊富なコレクションです。僕の経験から言って、スマートでコンパクトな判断や、ロジカルな結論づけみたいなものは、小説を書く人間にとってそんなに役には立ちません。むしろ足を引っ張り、物語の自然な流れを阻害することが少なくありません。ところが脳内キャビネットに保管しておいた様々な未整理のディテールを、必要に応じて小説の中にそのまま組み入れていくと、そこにある物語が自分でも驚くくらいナチュラルに、生き生きしてきます。

たとえばどんなことか？

そうだな、今急にうまい例が思い浮かばないんですが、たとえば、そうだな……あなたの知っている人に、真剣に腹を立てるとなぜかくしゃみが出てくる人がいるとします。いったんそうやってくしゃみが出始めると、なかなか止まらない。僕の知り合いにはそんな人はいませんが、仮にあなたの知り合いにいたとします。そういう人を目にしたとき、「なぜだろう？　なぜ真剣に腹を立てるとくしゃみが出るんだろう」と生理学的に、あるいは心理学的に分析推測し、仮説を立てるのももちろんひとつのアプローチではあるのでしょうが、僕はあまりそういう風にはものごとを考えません。僕の頭の働きはだいたいにおいて「へえ、ふうん、そういう人がいるんだ」というあたりで終わってしまいます。「どうしてかはわからないけれど、そういうことも世の中にはあるんだ」と。そしてそのまま「ひとかたまり」にぽんと記憶してしまう。そういういわば脈絡のない記憶が、僕の頭の抽斗の中にずいぶんたくさん蒐集されています。

ジェームズ・ジョイスは「イマジネーションとは記憶のことだ」と実に簡潔に言い切っています。そしてそのとおりだろうと僕も思います。ジェームズ・ジョイスは実に正しい。イマジネーションというのはまさに、脈絡を欠いた断片的な記憶のコンビネーションのことなのです。あるいは語義的に矛盾した表現に聞こえるかもしれませんが、「有効に組み合わされた脈絡のない記憶」は、それ自体の直観を持ち、予見性を持つようになります。そしてそれこそが正しい物語の動力となるべきものです。

とにかく我々の――というか少なくとも僕の――頭の中にはそういう大きなキャビネットが備え付けられています。そのひとつひとつの抽斗の中には様々な記憶が情報として詰まっています。大きな抽斗もあれば、小さな抽斗もあります。中には隠しポケットのついた抽斗もあります。僕は小説を書きながら、必要に応じてこれと思う抽斗を開け、中にあるマテリアルを取り出し、それを物語の一部として使用します。キャビネットにはとにかく厖大(ぼうだい)な数の抽斗がついているのですが、小説を書くことに意識が集中してくると、どのあたりのどの抽斗に何が入っているかというイメージが頭にさっと自動的に浮かんできて、瞬時に無意識的にそのありかを探し当てられるようになります。普段は忘れていたような記憶が自然にするすると蘇(よみがえ)ってきます。頭がそういう融通無碍(ゆうずうむげ)な状態になってくると、それはずいぶん気持ちが良いものです。言い換えれば、イマジネーションが僕の意思から離れ、立体的に自在な動きを見せ始めるわけです。言うまでもないことですが、小説家である僕にとって、その脳内キャビネットに収められた情報は、何ものにも代えがたい豊かな資産となります。

スティーブン・ソダーバーグが監督した『KAFKA／迷宮の悪夢』（一九九一）という映画の中で、ジェレミー・アイアンズ演ずるフランツ・カフカが、厖大な数の抽斗のついたキャビネットが並ぶ不気味な城（もちろんあの「城」がモデルです）に潜入するシーンがありましたが、それを見て「ああ、これは僕の脳内の構造と、光景的にちょっと通じているかもな」とふと思ったことを覚えています。なかなか興味深い映画だったので、もし何かで見る機会があったら、そのシーンを目に留めてください。僕の頭の中はそれほど不気味ではありませんが、基本的な成り立ちは似ているかもしれません。

僕は作家として、小説ばかりでなくエッセイみたいなものも書きますが、小説を書いている時期には小説以外のものは、よほどのことがなければ書かないと決めています。というのはエッセイみたいなものを書いていると、必要に応じてついどこかの抽斗を開けて、その中にある記憶情報をネタとして使ってしまったりするからです。すると小説を書くときにそれを使いたいと思っても、既によそで使われてしまっているという事態が生じます。たとえば「ああ、そういえば、真剣に腹を立てるとくしゃみが止まらなくなる人のことは、週刊誌の連載エッセイでこのあいだ書いちゃったな」みたいなことが起こります。もちろんエッセイと小説とで同じネタを二度使ったって、べつにかまわないわけなんですが、そういうバッティングみたいなことがあると、小説が不思議に痩せてくるみたいです。だから小説を書く時期には、とにかくあらゆるキャビネットを小説専用のものとして確保しておいた方がいい。いつ何が必要になるかもわからないんだから、できるだけけちけち出し惜しみする。それが長年にわたって小説を書いてきた経験から、僕が身につけた知恵のひとつです。

小説を書く時期が一段落すると、一度も開くことのなかった抽斗、使いみちのなかったマテリアルがけっこうたくさん出てきますから、そういうもの（言うなれば余剰物資ですね）を使ってまとめてエッセイを書いたりします。でも僕にとってはエッセイというのは、あえて言うならビール会社が出している缶入りウーロン茶みたいなものので、いわば副業です。本当においしそうなネタは次の小説＝正業のためにとっておくようにします。そういうネタが貯まってくれれば、「ああ、小説を書きたいな」といならない。

う気持ちも自然に湧(わ)いてくるみたいです。だからできるだけ大事にしておかなくては

　また映画の話になりますが、スティーブン・スピルバーグの作った『E.T.』（一九八二）の中でE.T.が物置のがらくたをひっかき集めて、それで即席の通信装置を作ってしまうシーンがあります。覚えていますか？　雨傘だとか電気スタンドだとか食器だとかレコード・プレーヤーだとか、ずっと昔見たきりなので詳しいことは忘れたけど、ありあわせの家庭用品を適当に組み合わせて、ささっとこしらえてしまう。即席とはいっても、何千光年も離れた母星と連絡をとれる本格的な通信機です。映画館であのシーンを見ていて僕は感心してしまったんですが、優れた小説というのはきっとああいう風にしてできるんでしょうね。材料そのものの質はそれほど大事ではない。何よりそこになくてはならないのは「マジック」なのです。日常的な素朴なマテリアルしかなくても、簡単で平易な言葉しか使わなくても、もしそこにマジックがあれば、僕らはそういうものから驚くばかりに洗練された装置を作り上げることができるのです。

　しかしいずれにせよ僕らには、それぞれの自前の「物置」が必要です。いくらマジックを使うといっても、何もないところから実体を作り出すことはできません。E.

T.がひょっこりやってきて、「悪いんだけど、君の物置の中のものをいくつか使わせてくれないかな」と言ったときに、「いいとも。なんでも好きに使ってくれ」とさっと扉を開けて見せられるような、「がらくた」の在庫を常備しておく必要があります。

最初に小説を書こうとしたとき、いったいどんなことを書けばいいのか、まったく考えが浮かびませんでした。僕は親の世代のように戦争を体験していないし、ひとつ上の世代の人たちのように戦後の混乱や飢えも経験していないし、とくに革命も体験していないし（革命もどきの体験ならありますが、それはとくに語りたいようなしろものではありませんでした）、熾烈（しれつ）な虐待（ぎゃくたい）や差別にあった覚えもありません。比較的穏やかな郊外住宅地の、普通の勤め人の家庭で育ち、とくに不満も不足もなく、とくに幸福というのでもないにしても、とくに不幸というのでもなく（ということはおそらく相対的に幸福であったのでしょうが）、これといって特徴のない平凡な少年時代を送りました。学校の成績もそれほどぱっとはしなかったけど、とりたてて悪くもなかった。まわりを見回してみても、「これだけはどうしても書いておかなくてはならない！」というものが見当たりません。何かを書きたいという表現意欲はなくはないのですが、これを書きたいという実のある材料がないのです。そんなわけで、僕は二十九歳を迎えるまで、自分が小説を書くことになるなんて考えもしませんでした。書くべきマテリアルもなければ、マテリアルのないところから何かを立ち上げていけるほどの才能もありません。僕にとって小説というのは、ただ読むだけのものだと思っていました。だから小説はずいぶんたくさん読みましたが、自分が小説を書くことになるなんて、とても想像できなかった。

僕は思うんですが、こういう状況って、今の若い世代の人たちにとってもだいたい同じようなものなんじゃないでしょうか。というか、僕らが若かったときよりも更に「書くべきこと」が少なくなっているかもしれません。じゃあ、そういうときどうすればいいのか？

これはもう「E．T．方式」でいくしかないと、僕は思うんです。裏の物置を開けて、そこにとりあえずあるものを——もうひとつぱっとしないがらくた同然のものしか見当たらないにせよ——とにかくひっかき集めて、あとはがんばって、ぽんとマジックを働かせるしかありません。それ以外に僕らが他の惑星と連絡を取り合うための手だてはないのです。とにかくありあわせのもので、がんばれるだけがんばってみるしかない。でももしあなたにそれができたなら、あなたは大きな可能性を手にしたことになります。それは、あなたにはマジックが使えるのだという素晴らしい事実です（そう、あなたに小説が書けるというのは、あなたが他の惑星に住む人々と連絡を取り合えるということなのです。実に！）。

僕が最初の小説『風の歌を聴け』を書こうとしたとき、「これはもう、何も書くことがないということを書くしかないんじゃないか」と痛感しました。というか、「何も書くことがない」ということを逆に武器にして、そういうところから小説を書き進めていくしかないだろうと。そうしないことには、先行する世代の作家たちに対抗する手段はありません。とにかくありあわせのもので、物語を作っていこうじゃないかということです。

そのためには、新しい言葉と文体が必要になります。これまでの作家が使ってこなかったようなヴィークル＝言葉と文体をこしらえなくてはなりません。戦争とか革命とか飢えとか、そういう重い問題を扱わない（扱えない）となると、必然的により軽いマテリアルを扱うことになりますし、そのためには軽量ではあっても俊敏で機動力のあるヴィークルがどうしても必要になります。

僕は何度か試行錯誤した末に（この試行錯誤については第二回に書きました）、ようやく何とか使用に耐えうる日本語の文体をこしらえることに成功しました。まだ不完全な間に合わせだし、あちこちでぼろは出ているけど、これはまあ生まれて初めて書いた小説だから、仕方ありません。欠点はあとで――もしあとがあればということですが――少しずつなおしていけばいい。

ここで僕が心がけたのは、まず「説明しない」ということでした。それよりはいろんな断片的なエピソードやイメージや光景や言葉を、小説という容れ物の中にどんどん放り込んで、それを立体的に組み合わせていく。そしてその組み合わせは世間的ロジックや文芸的イディオムとは関わりのない場所でおこなわれなくてはならない。それが基本的なスキームでした。

そういう作業を進めるにあたっては音楽が何より役に立ちました。ちょうど音楽を演奏するような要領で、僕は文章を作っていきました。主にジャズが役に立ちました。ご存じのように、ジャズにとっていちばん大事なのはリズムです。的確でソリッドなリズムを終始キープしなくてはなりません。そうしないことにはリスナーはついてきてくれません。その次にコード（和音）があります。ハーモニーと言い換えてもいいかもしれません。綺麗な和音、濁った和音、派生的な和音、基礎音を省いた和音。バド・パウエルの和音、セロニアス・モンクの和音、ビル・エヴァンズの和音、ハービー・ハンコックの和音。いろんな和音があります。みんな同じ88鍵のピアノを使って演奏しているのに、人によってこんなにも和音の響きが違ってくるのかとびっくりするくらいです。そしてその事実は、僕らにひとつの重要な示唆を与えてくれます。限られたマテリアルで物語を作らなくてはならなかったとしても、それでもまだそこには無限の——あるいは無限に近い——可能性が存在しているということです。「鍵盤が88しかないんだから、ピアノではもう新しいことなんてできないよ」ということにはなりません。

それから最後にフリー・インプロビゼーションがやってきます。自由な即興演奏です。すなわちジャズという音楽の根幹をなすものです。しっかりとしたリズムとコード（あるいは和声的構造）の上に、自由に音を紡いでいく。

僕は楽器を演奏できません。少なくとも人に聞かせられるほどにはできません。でも音楽を演奏したいという気持ちだけは強くあります。だったら音楽を演奏するように文章を書けばいいんだというのが、僕の最初の考えでした。そしてその気持ちは今でもまだそのまま続いています。こうしてキーボードを叩きながら、僕はいつもそこに正しいリズムを求め、相応しい響きと音色を探っています。それは僕の文章にとって、変わることのない大事な要素になっています。

僕は（僕自身の経験から）思うんですが、「書くべきことが何もない」というところから出発する場合、エンジンがかかるまではけっこう大変ですが、いったんヴィークルが起動力を得て前に進み始めると、そのあとはかえって楽になります。なぜなら「書くべきことを持ち合わせていない」というのは、言い換えれば、「何だって自由に書ける」ということを意味するからです。たとえあなたの手にしているのが「軽量級」のマテリアルで、その量が限られているとしても、その組み合わせ方のマジックさえ会得すれば、僕らはそれこそいくらでも物語を立ち上げていくことができます。もしあなたがその作業に熟達すれば、そして健全な野心を失わなければということですが、そこから驚くばかりに「重く深いもの」を構築していくことができるようになります。

それに比べると、最初から重いマテリアルを手にして出発した作家たちは、もちろんみんながみんなそうではありませんが、ある時点で「重さ負け」をしてしまう傾向がなきにしもあらずです。たとえば戦争体験を書くことから出発した作家たちは、それについていくつかの角度からいくつかの作品を書いて発表してしまうと、そのあと多かれ少なかれ「次に何を書けばいいのか？」という一旦停止状況に追い込まれることが多いようです。もちろんそこで思い切って方向転換をし、新しいテーマをつかんで、作家として更に成長していく人もいます。また残念ながらうまく方向転換ができずに、力を徐々に失っていく作家もいます。

アーネスト・ヘミングウェイは疑いの余地なく、二十世紀において最も大きな影響力を持った作家の一人ですが、その作品は「初期の方が良い」というのは、いちおう世間の定説になっています。僕も彼の作品の中では、最初の二冊の長編『日はまた昇る』『武器よさらば』や、ニック・アダムズの出てくる初期の短編小説なんかがいちばん好きです。そこには息を呑むような素晴らしい勢いがあります。でも後期の作品になると、うまいことはうまいんだけど、小説としてのポテンシャルはいくぶん落ちているし、文章にも以前ほどの鮮やかさが感じられないようです。それはやはり、ヘミングウェイという人が素材の中から力をえて、物語を書いていくタイプの作家であったからではなかったかと僕は推測します。おそらくはそのために、進んで戦争に参加したり（第一次大戦、スペイン内戦、第二次大戦）、アフリカで狩りをしたり、釣りをしてまわったり、闘牛にのめり込んだりといった生活を続けることになりました。常に外的な刺激を必要としたのでしょう。そういう生き方はひとつの伝説にはなりますが、年齢を重ねるにつれ、体験の与えてくれるダイナミズムは、やはり少しずつ低下していきます。だから、かどうかはもちろん本人にしかわかりませんが、ヘミングウェイはノーベル文学賞を得たものの（一九五四年）、酒に溺（おぼ）れ、一九六一年に名声の絶頂で自らの命を絶ってしまいます。

それに比べれば、素材の重さに頼ることなく、自分の内側から物語を紡ぎ出していける作家は、逆に楽であるかもしれません。自分のまわりで自然に起こる出来事や、日々目にする光景や、普段の生活の中で出会う人々をマテリアルとして自分の中に取り込み、想像力を駆使して、そのような素材をもとに自分自身の物語をこしらえていけばいいわけです。そう、それはいわば「自然再生エネルギー」みたいなものです。わざわざ戦争に出かける必要もないし、闘牛を経験する必要も、チーターとかヒョウを撃つ必要もありません。

誤解されると困るんですが、僕は、戦争や闘牛やハンティングみたいな経験に意味がないと言っているのではありません。もちろん意味はあります。何ごとによらず、経験をするというのは作家にとってすごく大事なことです。しかしそういうダイナミックな経験を持たない人でも小説は書けるんだということを僕は個人的に言いたいだけです。どんな小さな経験からだって人は、やりようによってはびっくりするほどの力を引き出すことができます。

「石が流れて木の葉が沈む」という表現があります。普通では起こりえないことが起こるということですが、小説の世界では——あるいは芸術の世界ではと言い換えてもいいかもしれませんが——そういう逆転現象が現実にしばしば起こります。一般的に軽いと世間で見なされていたものが、時間の経過とともに無視できない重さを獲得し、一般的に重いと思われていたものが、いつの間にかその重みを失って形骸(けいがい)化していきます。継続的創造性という目に見えない力が、時間の助けを得て、そのようなドラスティックな逆転をもたらすのです。

ですから「自分は小説を書くために必要なマテリアルを持ち合わせていない」と思っている人も、あきらめる必要はありません。ちょっと視点を変更すれば、発想を切り換えれば、マテリアルはあなたのまわりにそれこそいくらでも転がっていることがわかるはずです。それはあなたの目にとまり、手に取られ、利用されるのを待っています。人の営みというのは、一見してどんなにつまらないものに見えようと、そういう興味深いものをあとからあとから自然に生み出していくものなのです。そこでいちばん大事なことは、繰り返すようですが、「健全な野心を失わない」ということです。それがキーポイントです。

これは僕の昔からの持論ですが、世代間に優劣はありません。あるひとつの世代が他のひとつの世代より優れている、あるいは劣っているなんてことはまずありません。世間ではよくステレオタイプな世代批判みたいなことがおこなわれていますが、そういうのはまったく意味のない空論だと僕は確信しています。それぞれの世代間には優劣もなければ、上下もありません。もちろん傾向や方向性においてはそれぞれに差異があるでしょう。しかし質量そのものにはまったく差がありません。あるいはあえて問題にするほどの差はありません。

具体的に言うなら、たとえば今の若い世代は、漢字の読み書き能力なんかに関しては先行する世代よりいくぶん劣っているかもしれません（事実がどうなのかはよく知らないけど）。でもたとえば、コンピュータ言語の理解処理能力なんかにおいては間違いなくより優れているでしょう。僕が言いたいのはそういうことです。それぞれに得意分野があり、苦手分野があるのです。それだけのことです。だとしたら、それぞれの世代は何かを創造するにあたって、それぞれの「得意分野」をどんどん前面に押し出していけばいいわけです。自分の得意な言語を武器とし、自分の目にいちばんクリアに映るものを、自分に使いやすい言葉を使って記述していけばいいわけです。他の世代に対してコンプレックスを持つ必要もありませんし、また逆に妙な優越感を持つ必要もありません。

僕が小説を書き始めたのは三十五年も前のことですが、その当時はよく「こんなものは小説じゃない」「こんなものは文学とはいえない」と先行する世代から厳しい批判を受けました。そういう状況がなにかと重くて（というか、鬱陶しくて）、けっこう長く日本を離れて外国で暮らし、雑音のない静かな場所で好きなように小説を書いていました。でもそのあいだも、自分が間違っているかもしれないとはまったく思いませんでしたし、不安みたいなものもとくに感じませんでした。「実際にこうとしか書けないんだもの、こう書くしかないじゃないか。それのどこがいけないんだ」と開き直っていました。今はたしかにまだ不完全かもしれないけど、そのうちにもっとちゃんとした、質の高い作品が書けるようになるだろう。またその頃になれば時代も変化を遂げているだろうし、僕のやってきたことは間違っていなかったと、しっかり証明されるはずだと信じていました。なんだか厚かましいようですが。

それが現実に証明されたのかどうか、今こうしてあたりをぐるりと見回してみても、僕自身にはまだよくわかりません。どうなんだろう？　文学においては、何かが証明されるなんてことは永遠にないのかもしれない。でもそれはともかく、三十五年前も今も、自分がやっていることは基本的に間違っていないという信念は、ほとんど揺らいでいません。あと三十五年くらい経ったら、また新しい状況が生まれているかもしれませんが、その顚末を僕が見届けることは、年齢的にみてちょっとむずかしそうです。どなたか僕のかわりに見ておいてください。

ここで僕が言いたいのは、新しい世代には新しい世代固有の小説的マテリアルがあるし、そのマテリアルの形状や重さから逆算して、それを運ぶヴィークルの形状や機能が設定されていくのだということです。そしてそのマテリアルとヴィークルとの相関性から、その接面のあり方から、小説的リアリティーというものが生まれます。

どの時代にも、どの世代にも、それぞれの固有のリアリティーがあります。しかしそれでも小説家にとって、物語に必要なマテリアルを丹念に収集し、蓄積するという作業がきわめて重要であるという事実は、おそらくいつの時代にあっても変わることはないと思います。

もしあなたが小説を書きたいと志しているなら、あたりを注意深く見回してください――というのが今回の僕の話の結論です。世界はつまらなそうに見えて、実に多くの魅力的な、謎めいた原石に満ちています。小説家というのはそれを見出す目を持ち合わせた人々のことです。そしてもうひとつ素晴らしいのは、それらが基本的に**無料である**ということです。あなたは正しい一対の目さえ具（そな）えていれば、それらの貴重な原石をどれでも選び放題、採り放題なのです。

こんな素晴らしい職業って、他にちょっとないと思いませんか？

第六回　時間を味方につける

——長編小説を書くこと

僕はかれこれ三十五年ばかり、いちおう職業的作家として活動を続けていて、その間にいろんな形式の、いろんなサイズの小説を書いてきました。分冊にしなくてはならないような長めの長編小説（たとえば『1Q84』）、一冊に収められるくらいのサイズの長編小説（たとえば『アフターダーク』）、いわゆる短編小説、そしてごく短い短編（掌編）小説、などです。艦隊にたとえれば戦艦から巡洋艦、駆逐艦、潜水艦まで、各種艦船がだいたい取り揃えてあるわけです（もちろん攻撃的意図は僕の小説にはありませんが）。それぞれの船には、それぞれの機能があり、役割があります。そして全体として、お互いをうまく補足し合えるようなポジションに配置されています。どういう長さのフォームを取り上げて小説を書くかは、そのときの気持ち次第です。ローテーションみたいなものに従って、規則的に回しているのではなく、心の赴くままというか、あくまで自然の成り行きにまかせています。「そろそろ長編を書こうかな」とか「また短編が書きたくなってきたな」とか、そのときどきの心の動きによって、あるいは求めに応じて、容れ物を自由に選択するようにしています。選ぶにあたって、迷うようなことはまずありません。「今はこれ」とはっきり判断できます。短編小説を書く時期が来たら、ほかのことには目を向けず、集中して短編小説を書きます。

でも僕は基本的には、というか最終的には、自分のことを「長編小説作家」だと見なしています。短編小説や中編小説を書くのもそれぞれに好きですし、書くときはもちろん夢中になって書きますし、書き上げたものにもそれぞれ愛着を持っていますが、それでもなお、長編小説こそが僕の主戦場であるし、僕の作家としての特質、持ち味みたいなものはそこにいちばん明確に——おそらくは最も良いかたちで——現れているはずだと考えています（そうは思わないという方がおられても、それに反論するつもりは毛頭ありませんが）。僕はもともとが長距離ランナー的な体質なので、いろんなものごとがうまく総合的に、立体的に立ち上がってくるには、ある程度のかさの時間と距離が必要になります。本当にやりたいことをやろうとすると、飛行機にたとえれば、長い滑走路がなくてはならないわけです。

短編小説というのは、長編小説ではうまく捉えきれない細部をカバーするための、小回りのきく俊敏なヴィークルです。そこでは文章的にもプロット的にも、いろんな思い切った実験を行うことができますし、短編という形式でしか扱えない種類のマテリアルを取り上げることもできます。僕の心の中に存在する様々な側面を、まるで目の細かい網で微妙な影をすくい取るみたいに、そのままするっと形象化していくことも（うまくいけば）できます。書き上げるのにそれほど時間もかかりません。その気になれば準備も何もなく、一筆書きみたいにすらすらと数日で完成させてしまうことも可能です。ある時期には僕は、そういう身の軽い、融通の利くフォームを何より必要とします。しかし——これはあくまで僕にとってはという条件付きでの発言ですが——自分の持てるものを好きなだけ、オールアウトで注ぎ込めるスペースは、短編小説というフォームにはありません。

おそらく自分にとって重要な意味を持つであろう小説を書こうとするとき、言い換えれば「自分を変革することになるかもしれない可能性を有する総合的な物語」を立ち上げようとするとき、自由に制約なく使える広々としたスペースを僕は必要とします。まずそれだけのスペースが確保されていることを確認し、そのスペースを満たすだけのエネルギーが自分の中に蓄積されていることを見定めてから、言うなれば蛇口を全開にして、長丁場の仕事にとりかかります。そのときに感じる充実感は何ものにも代えがたいものです。それは長編小説を書き出すときにしか感じられない、特別な種類の気持ちです。

そう考えると、僕にとっては長編小説こそが生命線であり、短編小説や中編小説は極言すれば、長編小説を書くための大事な練習場であり、有効なステップであると言ってしまってもいいのではないかと思います。一万メートルや五千メートルのトラック・レースでもそれなりの記録は残すけれど、軸足はあくまでフル・マラソンに置いている長距離ランナーと同じようなものかもしれない。

そんなわけで今回は、長編小説を書くという作業について語りたいと思います。というか、長編小説を書くことを例にとって、僕がどういう小説の書き方をするのかを、具体的に語りたいと思います。もちろん一口に長編小説といっても、ひとつひとつの小説の中身が違っているのと同じように、その執筆の方法や、仕事をする場所や、要する期間もそれぞれ異なってきます。しかしそれでも、その基本的な順序やルールみたいなものは——あくまで僕自身の印象ではということですが——大筋ではほとんど変化しないようです。それは僕にとって「通常営業行為＝ビジネス・アズ・ユージュアル」とでも呼ぶべきものになっています。というか、そういう決まったパターンに自分を追い込んでいって、生活と仕事のサイクルを確定することによって、長編小説を書くことが初めて可能になる——という部分があります。尋常ではない量のエネルギーが必要とされる長丁場の作業ですから、まずこちらの体勢をしっかり固めておかなくてはなりません。そうしておかないと、下手すると途中で力負けしてしまうかもしれません。

長編小説を書く場合、僕はまず（比喩的に言うなら）机の上にあるものをきれいに片付けてしまいます。「小説を書くほかには何も書かない」という体勢を作ってしまうわけです。もしそのときエッセイの連載なんかをやっていたら、そこでいったん中止してしまいます。飛び込みの仕事も、よほどのことがなければ引き受けません。何かを真剣にやり出したら、ほかのことができなくなってしまう性格だからです。締め切りのない翻訳作業なんかを自分の好きなペースで、同時進行的にやることはよくありますが、これは生活のためというよりは、むしろ気分転換のためです。翻訳というのは基本的にテクニカルな作業ですから、小説を書くのとは使う頭の部位が違います。ですから小説を書くための負担になりません。筋肉のストレッチングと同じで、そういう作業を並行してやるのは、脳のバランスを取るために、かえって有益であるかもしれません。

「おまえはそんな気楽なことを言うけれど、生活していくためには、他の細かい仕事だって引き受けなくちゃならないだろう」とおっしゃる同業者の方もおられるかもしれません。長編小説を書いている間、どうやって生活していけばいいんだよ、と。僕はここではあくまで、僕自身のとってきたシステムについて語っているだけです。本当なら出版社からアドバンスをもらえばいいわけですが、日本の場合はアドバンスという制度がないし、長編小説を書いている間の生活費まではまかなえないかもしれません。ただ個人的なことを言わせていただければ、まだそれほど本が売れていない時期から、僕はずっとそういうやり方で長編小説を書いてきました。生活費を稼ぐために、文筆とはまったく関係のない他の仕事を日常的にやっていたことはあります（肉体作業に近いものですが）。でも書き物の仕事の依頼は原則として受けませんでした。キャリア初期の段階での少数の例外を別にすれば（当時はまだ、自分の執筆スタイルを確立する前だったので、いくつかの試行錯誤がありました）、基本的に小説を書くときは、小説だけを書いていました。

僕はある時期から、長編小説は海外で書くことが多くなったのですが、これは日本にいるとどうしても雑用（あるいは雑音）があれこれ入ってくるからです。外国に出てしまうと、余計なことは考えずに執筆に気持ちを集中できます。とくに僕の場合、書き始めの時期には——長編小説執筆のための生活パターンを固定させていく大事な時期にあたるわけですが——どちらかといえば日本を離れた方がいいみたいです。最初に日本を離れたのは八〇年代後半のことですが、そのときはやはり迷いがありました。「こんなことをして、本当に生き残っていけるんだろうか？」と不安でした。僕はけっこう厚かましい方ですが、それでもさすがに背水の陣を敷くというか、帰りの橋を焼き払うような決意が必要でした。旅行記を書くという約束をして、無理を言って出版社からいくらかアドバンスを受け取りましたが（それは後に『遠い太鼓』という本になりました）、基本的には貯金を切り崩して生活しなくてはならなかったわけですから。

しかし思い切って心を決め、新しい可能性を追求したことが、僕の場合は良い結果を生んだようです。ヨーロッパ滞在中に書き上げた『ノルウェイの森』という小説がたまたま（予想外に）売れたことで、生活を安定させ、長期的に小説を書き続けるための個人的システムみたいなものを、とりあえず設定することができました。そういう意味では幸運であったと思います。ただ、こんなことを言うとあるいは傲慢（ごうまん）に響くかもしれませんが、決して幸運だけでものごとが運んだわけではありません。そこにはいちおう僕なりの決意と、開き直りがあったわけです。

長編小説を書く場合、一日に四百字詰原稿用紙にして、十枚見当で原稿を書いていくことをルールとしています。僕のマックの画面でいうと、だいたい二画面半というくらいになりますが、昔からの習慣で四百字詰で計算します。もっと書きたくても十枚くらいでやめておくし、今日は今ひとつ乗らないなと思っても、なんとかがんばって十枚は書きます。なぜなら長い仕事をするときには、規則性が大切な意味を持ってくるからです。書けるときは勢いでたくさん書いちゃう、書けないときは休むというのでは、規則性は生まれません。だからタイム・カードを押すみたいに、一日ほぼきっかり十枚書きます。

そんなの芸術家のやることじゃない。それじゃ工場と同じじゃないか、と言う人がいるかもしれません。そうですね、たしかに芸術家のやることじゃないかもしれない。でもなぜ小説家が芸術家じゃなくてはいけないのか？　いったい誰がいつそんなことを決めたのですか？　誰も決めていませんよね。僕らは自分のやりたいやり方で小説を書けばいいのです。だいいち「なにも芸術家じゃなくたっていいんだ」と思えば、気持ちがぐっと楽になります。小説家というのは、芸術家である前に、自由人であるべきです。好きなことを、好きなときに、好きなようにやること、それが僕にとっての自由人の定義です。芸術家になって世間の目を気にしたり、不自由なかみしもをまとうよりは、ごく普通のそのへんの自由人になればいいんです。

　アイザック・ディネーセンは「私は希望もなく、絶望もなく、毎日ちょっとずつ書きます」と言っています。それと同じように、僕は毎日十枚の原稿を書きます。とても淡々と。「希望もなく、絶望もなく」というのは実に言い得て妙です。朝早く起きてコーヒーを温め、四時間か五時間、机に向かいます。一日十枚原稿を書けば、一か月で三百枚書けます。単純計算すれば、半年で千八百枚が書けることになります。具体的な例を挙げれば、『海辺のカフカ』という作品の第一稿が千八百枚でした。この小説は主にハワイのカウアイ島のノースショアで書きました。ここは実に何もないところで、おまけによく雨が降るので、おかげで仕事は捗（はかど）ります。四月の初めに書き始めて、十月に書き終えました。プロ野球の開幕と同時に書き始めて、日本シリーズが始まる頃に書き終えたので、よく覚えています。その年には若松監督のもと、ヤクルト・スワローズが優勝しました。僕は長年のヤクルト・ファンなので、ヤクルトは優勝するわ、小説は書き終えることができたわで、けっこうほくほくしたことを記憶しています。ほとんどずっとカウアイ島にいたために、レギュラーシーズンにあまり神宮球場に行けなかったのは残念でしたが。

　しかし長編小説の執筆は野球と違って、いったん書き終えたところから、また別の勝負（ゲーム）が始まります。僕に言わせてもらえれば、ここからがまさに時間のかけがいのある、おいしい部分になります。

第一稿を終えると、少し間を置いて一服してから（そのときによりますが、だいたい一週間くらい休みます）、第一回目の書き直しに入ります。僕の場合、頭からとにかく全部ごりごりと書き直します。ここではかなり大きく、全体に手を入れます。僕はそれがどれほど長い小説であれ、複雑な構成を持つ小説であれ、最初にプランを立てることなく、展開も結末もわからないまま、いきあたりばったり、思いつくままどんどん即興的に物語を進めていきます。その方が書いていて断然面白いからです。でもそういう書き方をしていると、結果的に矛盾する箇所、筋の通らない箇所がたくさん出てきます。登場人物の設定や性格が、途中でがらりと変わってしまったりもします。時間の設定が前後したりもします。そういう食い違った箇所をひとつひとつ調整し、筋の通った整合的な物語にしていかなくてはなりません。かなりの分量をそっくり削ったり、ある部分を膨らませたり、新しいエピソードをあちこちに付け加えたりします。

『ねじまき鳥クロニクル』を書いていたときのように、「ここの部分は全体的に見てもうひとつそぐわないな」と判断して、章のいくつかを丸ごと削除し、その削除したものをベースにして、まったく新しい別の小説（『国境の南、太陽の西』）を立ち上げていったりするようなケースもあります。まあこれはかなり極端な例で、おおかたの場合削除した部分は削除したまま消えてしまいます。

その書き直しに、たぶん一か月か二か月はかかります。それが終わると、また一週間ほど置いて、二回目の書き直しに入ります。これも頭からどんどん書き直していく。ただし今度はもっと細かいところに目をやって、丁寧に書き直していきます。たとえば風景描写を細かく書き込んだり、会話の調子を整えたりします。筋の展開にそぐわない点がないかどうかチェックし、一読してわかりにくい部分をわかりやすくし、話の流れをより円滑で自然なものにします。大手術ではなく、細かい手術の積み重ねです。それが終わると、また一服してから次の書き直しにかかります。今度は手術というよりは、修正に近い作業になります。この段階では、小説の展開の中で、どの部分のねじをしっかり締めるべきか、どの部分のねじを少し緩ませておくかを見定めることが大事になります。

長編小説は文字通り「長い話」なので、隅々まできりきりとねじを締めてしまったら、読者の息が詰まります。ところどころで文章を緩ませることも大事です。そのへんの呼吸を読まなくてはなりません。全体と細部のバランスをよくすること。そういう観点から文章の細かい調整をおこないます。ときどき評論家で長編小説の一部を抜き出して「こんなに雑な文章を書いていてはいけない」と批判する人がいますが、それは僕に言わせればあまりフェアな行為とは言えない。というのは、長編小説というものには——ちょうど生身の人間と同じように——ある程度雑な、緩んだ部分だって必要だからです。そういうものがあってこそ、きりきりと締めた部分が正当な効果を発揮します。

　そしてだいたいこのあたりで、一度長い休みを取ることにしています。できれば半月から一か月くらいは作品を抽斗（ひきだし）にしまい込んで、そんなものがあることすら忘れてしまいます。あるいは忘れてしまおうと努力します。そのあいだ旅行をしたり、まとめて翻訳の仕事をしたりします。長編小説を書くときには、仕事をする時間ももちろん大事ですが、何もしないでいる時間もそれに劣らず大事な意味を持ちます。工場なんかの製作過程で、あるいは建築現場で、「養生（ようじょう）」という段階があります。製品や素材を「寝かせる」ということです。ただじっと置いておいて、そこに空気を通らせる、あるいは内部をしっかりと固まらせる。小説も同じです。この養生をしっかりやっておかないと、生乾きの脆（もろ）いもの、組成が馴染（なじ）んでいないものができてしまいます。

そのように作品をじっくりと寝かせたあとで、再び細かい部分の徹底的な書き直しに入っていきます。しっかり寝かせたあとの作品は、前とはかなり違った印象を僕に与えてくれます。前に見えなかった欠点もずいぶんくっきり見えてきます。奥行きのあるなしが見分けられます。作品が「養生」したのと同じように、僕の頭もまたうまく「養生」できたわけです。

しっかり養生を済ませたし、そのあとある程度の書き直しもした。この段階で大きな意味を持ってくるのが、第三者の意見です。僕の場合、ある程度作品としてのかたちがついたところで、まず奥さんに原稿を読ませます。これは僕の作家としてのほぼ最初の段階から、一貫して続けていることです。彼女の意見は僕にとっては、言うなれば音楽の「基準音」のようなものです。うちにある古いスピーカー（失礼）と同じことです。僕はすべての種類の音楽をこのスピーカーで聴きます。とくに立派なスピーカーじゃありません。一九七〇年代に買ったＪＢＬのシステムで、図体(ずうたい)は大きいんですが、現代の最新の高級スピーカーに比べれば、出てくる音の領域はかなり限られています。音の分離もそれほど良いとは言えません。いわば骨董品(こっとうひん)みたいなものです。でも僕はなにしろこのスピーカー・システムでこれまで、ありとあらゆる音楽を聴いてきたので、そこから出てくる音が僕にとっての音楽の再生音の基準になっているわけです。それが身についてしまっている。

こういうことを言うと、あるいは腹を立てる人もいるかもしれませんが、出版社の編集者は日本の場合、専門職とはいっても、結局のところサラリーマンですから、それぞれの会社に属しているし、いつ配置換えになるかもしれません。もちろん例外はありますが、大方の場合、上から「君がこの作家を担当しなさい」と指名されて、担当編集者になっているわけで、どこまで親身につきあえるか予測の立たないところがある。その点、妻というのは良くも悪くも、まず配置換えにはなりません。僕が「観測定点」と言うのは、そういう意味です。長年つきあっているから、「この人がこういう感想を持つのは、こういう意味合いで、こういうところから来ているんだな」というニュアンスがおおよそ理解できます（おおよそと僕が言うのは、妻についてすべてを理解するのは原理的に不可能だからです）。

でもだから、相手から言われたことがそのまますらすら受け入れられるかというと、そうはいきません。こちらは長い時間をかけて、長い小説を書き終えたばかりで、養生によって多少冷めたとはいえ、頭にはまだじゅうぶん血がのぼっていますから、批判的なことを言われると頭に来ます。感情的にもなります。激しい言い合いになることだってあります。他人である編集者を相手に、正面からそんなきつい物言いをすることはできませんから、そのへんはまあ身内の利点と言えるかもしれない。僕は現実生活においてはとくに感情的な人間ではありませんが、この段階ではある程度感情的にならざるを得ないところがあります。というか、感情をいったん外に吐き出してしまうことが必要になってきます。

彼女の批評には、「たしかにそうだな」「ひょっとしたらそうかもしれない」と思えることもあります。そう思えるようになるまでに、数日を要する場合もありますが。また「いや、そんなことはない。僕の考えの方がやはり正しい」と思うこともあります。でもそのような「第三者導入」プロセスにおいて、僕にはひとつ個人的ルールがあります。それは「けちをつけられた部分があれば、何はともあれ書き直そうぜ」ということです。批判に納得がいかなくても、とにかく指摘を受けた部分があれば、そこを頭から書き直します。指摘に同意できない場合には、相手の助言とはぜんぜん違う方向に書き直したりもします。

でも方向性はともかく、腰を据えてその箇所を書き直し、それを読み直してみると、ほとんどの場合その部分が以前より改良されていることに気づきます。僕は思うのだけど、読んだ人がある部分について何かを指摘するとき、指摘の方向性はともかく、そこには何かしらの問題が含まれていることが多いようです。つまりその部分で小説の流れが、多かれ少なかれつっかえているということです。そして僕の仕事はそのつっかえを取り除くことです。どのようにしてそれを取り除くかは、作家が自分で決めればいい。たとえ「これ完璧に書けているよ。書き直す必要なんてない」と思ったとしても、黙って机に向かい、とにかく書き直します。なぜならある文章が「完璧に書けている」なんてことは、実際にはあり得ないのですから。

今回の書き直しは頭から順番にやっていく必要はありません。問題になった部分、批判された部分だけを集中して書き直していきます。そして書き直した部分をもう一度読んでもらい、それについてまた討論をし、必要があれば更に書き直します。それを読んでもらい、まだ不満があれば、更にまた書き直します。そしてある程度片がついたところで、また頭から書き直して全体の流れを確認し、調整します。いろんな部分を細かくいじったせいで、全体のトーンが乱れていれば、それを修正します。そこで初めて編集者に正式に読んでもらいます。その時点では、頭の過熱状態はある程度解消されていますから、編集者の反応に対しても、それなりにクールに客観的に対処することができます。

ひとつ面白い話があります。一九八〇年代の末頃、僕が『ダンス・ダンス・ダンス』という長編小説を書いていたときのことです。僕はこの小説を初めてワード・プロセッサー（富士通のポータブル）で書きました。ほとんどはローマのアパートメントで書いたのですが、最後の部分はロンドンに移って書きました。書き上げた原稿をフロッピー・ディスクに入れて、それを持ってロンドンに移動したのですが、ロンドンに落ち着いて開けてみると、章が丸ごとひとつ消えてしまっていました。当時はまだワープロを使い慣れていなかったので、操作を間違えてしまったのでしょう。まあ、よくあることです。もちろんがっくりしてしまいました。かなりのショックでした。長い章だったし、「ここは我ながらうまく書けた」と自負していたからです。「まあ、よくあることだから」と簡単にあきらめることはできません。

でもいつまでもため息をついて首を横に振っているわけにもいかない。気を取り直し、数週間前に苦心惨憺して書き上げた文章を、「ええと、こうだったっけなあ……」と思い出しながら再現していきました。そしてその章をなんとか復活させることができました。ところが、その小説が本になって刊行されたあとで、行方不明になっていたオリジナルの章がひょっこり出てきたのです。ぜんぜん予想もつかないフォルダーに紛れ込んでいた。それもまたよくあることですね。それで「ええ、参ったな。こっちの方が出来が良かったらどうしよう」と心配しながら読み返してみたのですが、結論から言いますと、あとから書き直したヴァージョンの方が明らかに優れていました。

ここで僕が言いたいのは、どんな文章にだって必ず改良の余地はあるということです。本人がどんなに「よくできた」「完璧だ」と思っても、もっとよくなる可能性はそこにあるのです。だから僕は書き直しの段階においては、プライドや自負心みたいなものはできるだけ捨て去り、頭の火照りを適度に冷やすように心がけます。ただ火照りを冷やしすぎると、書き直しそのものができなくなるので、そのへんはある程度注意しなくてはなりませんが。そして外からの批判に耐えられる体勢を作っていきます。何か面白くないことを言われても、できるだけ我慢してぐっと呑み込むようにする。作品が出版されてからの批評はマイペースで適当に受け流せばいい。そんなものいちいち気にしていたら身がもちません（ほんとに）。でも作品を書いているあいだにまわりから受ける批評・助言は、できるだけ虚心に謙虚に拾い上げていかなくてはならない。それが僕の昔からの持論です。

僕は小説家として長く仕事をしてきましたが、正直に言って担当編集者の中には、「ちょっと合わないかな」と感じる人もいました。人間としては悪くない人だし、ほかの作家にとっては良き編集者なのかもしれないけど、僕の作品の編集者としては相性があまり良くないんじゃないか、ということです。そういう人の口にする意見は、僕としてはいささか首を傾(かし)げたくなることが多いし、時として（正直言って）神経に障(さわ)ります。いらっとすることもあります。でもお互い仕事ですから、そこはうまくやりくりしてやっていくしかありません。

　ある長編小説を書いていたときのことですが、僕は原稿の段階で、あまり「合わない」編集者から指摘があった箇所をすべて書き直しました。ただし大半は、その人の助言とは真逆の方向に書き直しました。たとえば「ここは長くした方がいい」と言われた部分は短くし、「ここは短くした方がいい」と言われた部分は長くしたわけです。今から思えばかなり乱暴な話なんですが、それでもその書き直しは結果的にうまくいきました。作品はそれでより優れたものになったと思います。つまり逆説的にではあるけれど、その編集者は僕にとって有用な編集者であったわけです。少なくとも「おいしいこと」しか口にしない編集者よりはずっと助けになった。僕はそのように考えています。

　つまり大事なのは、書き直すという行為そのものなのです。作家が「ここをもっとうまく書き直してやろう」と決意して机の前に腰を据え、文章に手を入れる、そういう姿勢そのものが何より重要な意味を持ちます。それに比べれば「どのように書き直すか」という方向性なんて、むしろ二次的なものかもしれません。多くの場合、作家の本能や直観は、論理性の中からではなく、決意の中からより有効に引き出されます。藪を棒で叩いて、中に潜んでいる鳥を飛び立たせるようなものです。どんな棒で叩こうが、どんな叩き方をしようが、結果にたいした違いはありません。とにかく鳥を飛び立たせれば、それでいいのです。鳥たちの動きのダイナミズムが、固定に向かおうとする視野に揺さぶりをかけます。それが僕の意見です。まあ、かなり乱暴な意見かもしれませんが。

とにかく書き直しにはできるだけ時間をかけます。まわりの人々のアドバイスに耳を傾け（腹が立っても立たなくても）、それを念頭に置いて、参考にして書き直していきます。助言は大事です。長編小説を書き終えた作家はほとんどの場合、頭に血が上り、脳味噌が過熱して正気を失っています。なぜかといえば、正気の人間には長編小説なんてものは、まず書けっこないからです。ですから正気を失うこと自体にはとくに問題はありませんが、それでも「自分がある程度正気を失っている」ということだけは自覚しておかなくてはなりません。そして正気を失っている人間にとって、正気の人間の意見はおおむね大事なものです。

もちろん他人の意見をすべて鵜呑みにしてはいけない。中には見当外れの意見、不当な意見もあるかもしれません。しかしどのような意見であれ、それが正気なものであれば、そこには何かしらの意味が含まれているはずです。それらの意見は、あなたの頭を少しずつ冷却し、適切な温度へと導いてくれるでしょう。彼らの意見とはすなわち世間であり、あなたの本を読むのは結局のところ世間なのですから。あなたが世間を無視しようとすれば、おそらく世間も同じようにあなたを無視するでしょう。もちろん「それでかまわない」ということであれば、僕としても全然かまいません。しかしもしあなたが、世間とある程度まともな関係を維持したいと考えている作家であるなら（おそらく大部分はそうでしょう）、あなたの作品を読んでくれる「定点」をひとつなり、ふたつなり周囲に確保しておくのは大事なことです。その定点が正直に率直に感想を述べてくれる人でなくてはならないのは当然のことです。たとえ批判を受けるたびに頭に来るとしても。

　何度くらい書き直すのか？　そう言われても正確な回数まではわかりません。原稿の段階でもう数え切れないくらい書き直しますし、出版社に渡してゲラになってからも、相手がうんざりするくらい何度もゲラを出してもらいます。ゲラを真っ黒にして送り返し、新しく送られてきたゲラをまた真っ黒にするという繰り返しです。前にも言ったように、これは根気のいる作業ですが、僕にとってはさして苦痛ではありません。同じ文章を何度も読み返して響きを確かめたり、言葉の順番を入れ替えたり、些細（ささい）な表現を変更したり、そういう「とんかち仕事」が僕は根っから好きなのです。ゲラが真っ黒になり、机に並べた十本ほどのＨＢの鉛筆がどんどん短くなっていくのを目にすることに、大きな喜びを感じます。なぜかはわからないけれど、僕にとってはそういうことが面白くてしょうがないのです。いつまでやっていてもちっとも飽きません。

　僕の敬愛する作家、レイモンド・カーヴァーもそういう「とんかち仕事」が好きな作家の一人でした。彼は他の作家の言葉を引用するかたちで、こう書いています。「ひとつの短編小説を書いて、それをじっくりと読み直し、コンマをいくつか取り去り、それからもう一度読み直して、前と同じ場所にまたコンマを置くとき、その短編小説が完成したことを私は知るのだ」と。その気持ちは僕にもとてもよくわかります。同じようなことを、僕自身何度も経験しているからです。このあたりが限度だ。これ以上書き直すと、かえってまずいことになるかもしれない、という微妙なポイントがあります。彼はコンマの出し入れを例にとって、そのポイントを的確に示唆（しさ）しているわけです。

そのようにして僕は長編小説を書き上げます。人それぞれ、気に入ってもらえるものもあり、あまり気に入ってもらえないものもあるでしょう。僕自身、過去に書いた作品については、決して満足しているわけではありません。「今ならもっとうまく書けるんだけどな」と痛感するものもあります。読み返すとあちこち欠点が目について しまうので、何か特別な必要がなければ、自分の書いた本を手に取ることはまずありません。

でもその作品を書いた時点では、きっとそれ以上うまく書くことは僕にはできなかっただろうと、基本的に考えています。自分はその時点における全力を尽くしたのだということがわかっているからです。かけたいだけ長い時間をかけ、持てるエネルギーを惜しみなく投入し、作品を完成させました。言うなれば「総力戦」をオールアウトで戦ったのです。そういう「出し切った」手応え（てごた）えが自分の中に今でも残っています。少なくとも長編小説に関しては、僕は注文を受けて書いたこともないし、締め切りに追われたこともありません。自分の書きたいことを、書きたいときに、書きたいように書きました。それだけは自信をもって断言できます。だから後日「あそこはこうしておけばよかったな」と悔やむようなことはまずありません。

時間は、作品を創り出していく上で非常に大切な要素です。とくに長編小説においては、「仕込み」が何より大事になります。自分の中で来るべき小説の芽を育て、膨らませていく「沈黙の期間」です。「小説を書きたい」という気持ちを自分の中に作り上げていきます。そのような仕込みにかける時間、それを具体的なかたちに立ち上げていく期間、立ち上がったものを冷暗所でじっくり「養生する」期間、それを外に出して自然の光に晒し、固まってきたものを細かく検証し、とんかちしていく時間……そのようなプロセスのひとつひとつに十分な時間をかけることができたかどうか、それは作家だけが実感できるものごとです。そしてそのような作業ひとつひとつにかけられた時間のクォリティーは必ず作品の「納得性」となって現れてきます。目には見えないかもしれないけど、そこには歴然とした違いが生まれます。

　身近な例にたとえると、これは温泉のお湯と家庭風呂のお湯の違いに似ています。温泉に入ると、たとえ湯温が低くても、じんわりと身体の芯にまで温かみが浸みてきますし、お風呂を出てからも温かみが冷めません。しかし家庭のお風呂のお湯だと、身体の芯まで浸みないし、お湯から出るとすぐに冷めてしまいます。これはたぶんみなさんも体験されたことがあると思います。たいていの日本人なら温泉につかって、ほっと一息ついて、「うん、そうだ、これが温泉のお湯だよな」と肌身にじわっと実感できると思いますが、生まれてから一度も温泉につかったことのない人に向かって、この実感を言葉で正確に表現するのは簡単ではありません。

　優れた小説や、優れた音楽にも、それに似たところがあるようです。温泉の湯と家風呂のお湯、温度計で測ると同じ温度でも、実際に裸になってそこにつかってみると違いがわかります。肌で実感できます。しかしその実感を言語化するのはむずかしい。「いや、じんわりくるんだよ、これが。うまく言えないけどさ」みたいなことしか言えません。「でも温度は数字的には同じだよ。気のせいなんじゃないの」と言われると——少なくとも僕のような科学方面に知識のない人間には——有効に反論できません。

　だから僕は自分の作品が刊行されて、それがたとえ厳しい——思いも寄らぬほど厳しい——批評を受けたとしても、「まあ、それも仕方ないや」と思うことができます。なぜなら僕には「やるべきことはやった」という実感があるからです。仕込みにも養生にも時間をかけたし、とんかち仕事にも時間をかけた。だからいくら批判されても、それでへこんだり、自信を失ったりすることはまずありません。もちろんいささか不快に思うくらいのことはたまにありますが、たいしたことではない。「時間によって勝ち得たものは、時間が証明してくれるはずだ」と信じているからです。そして世の中には時間によってしか証明できないものもあるのです。もしそのような確信が自分の中になければ、いくら厚かましい僕だって、あるいは落ち込んだりするかもしれません。でも「やるべきことはきちんとやった」という確かな手応えさえあれば、基本的に何も恐れることはありません。あとのことは時間の手にまかせておけばいい。時間を大事に、慎重に、礼儀正しく扱うことはとりもなおさず、時間を味方につけることでもあるのです。女性に対するのと同じことですね。

前述したレイモンド・カーヴァーは、あるエッセイの中でこんなことを書いています。

「『時間があればもっと良いものが書けたはずなんだけどね』、ある友人の物書きがそう言うのを耳にして、私は本当に度肝を抜かれてしまった。今だってそのときのことを思い出すと愕然(がくぜん)としてしまう。（中略）もしその語られた物語が、力の及ぶ限りにおいて最良のものでないとしたら、どうして小説なんて書くのだろう？　結局のところ、ベストを尽くしたという満足感、精一杯働いたというあかし、我々が墓の中まで持って行けるのはそれだけである。私はその友人に向かってそう言いたかった。悪いことは言わないから別の仕事を見つけた方がいいよと。同じ生活のために金を稼ぐにしても、世の中にはもっと簡単で、おそらくはもっと正直な仕事があるはずだ。さもなければ君の能力と才能を絞りきってものを書け。そして弁明をしたり、自己正当化したりするのはよせ。不満を言うな。言い訳をするな」（拙訳『書くことについて』）

普段は温厚なカーヴァーにしては珍しく厳しい物言いですが、彼の言わんとするところには僕も全面的に賛成です。今の時代のことはよくわかりませんが、昔の作家の中には、「締め切りに追われてないと、小説なんて書けないよ」と豪語する人が少なからずいたようです。いかにも「文士的」というか、スタイルとしてはなかなかかっこいいのですが、そういう時間に追われた、せわしない書き方はいつまでもできるものではありません。若いときにはそれでうまくいったとしても、またある期間はそういうやり方で優れた仕事ができたとしても、長いスパンをとって俯瞰（ふかん）すると、時間の経過とともに作風が不思議に痩（や）せていく印象があります。

時間を自分の味方につけるには、ある程度自分の意志で時間をコントロールできるようにならなくてはならない、というのが僕の持論です。時間にコントロールされっぱなしではいけない。それではやはり受け身になってしまいます。「時間と潮は人を待たない」ということわざがありますが、向こうに待つつもりがないのなら、その事実をしっかりと踏まえた上で、こちらのスケジュールを積極的に、意図的に設定していくしかありません。つまり受け身になるのではなく、こちらから積極的に仕掛けていくわけです。

自分の書いた作品が優れているかどうか、もし優れているとしたらどの程度優れているのか、そんなことは僕にはわかりません。というか、そういうものごとは本人の口からあれこれ語るべきことではない。作品について判断を下すのは言うまでもなく読者一人ひとりです。そしてその値打ちを明らかにしていくのは時間です。作者は黙してそれを受け止めるしかありません。今の時点で言えるのは、僕はそれらの作品を書くにあたって惜しみなく時間をかけたし、カーヴァーの言葉を借りれば、「力の及ぶ限りにおいて最良のもの」を書くべく努力したということくらいです。どの作品をとっても「もう少し時間があればもっとうまく書けたんだけどね」というようなことはありません。もしうまく書けていなかったとしたら、その作品を書いた時点では僕にはまだ作家としての力量が不足していた——それだけのことです。残念なことではありますが、恥ずべきことではありません。不足している力量はあとから努力して埋めることができます。しかし失われた機会を取り戻すことはできません。

僕はそのような書き方を可能にしてくれる、自分なりの固有のシステムを、長い歳月をかけてこしらえ、僕なりに丁寧に注意深く整備し、大事に維持してきました。汚れを拭き、油を差し、錆びつかないように気を配ってきました。そしてそのことについては一人の作家として、ささやかではありますが誇りみたいなものを感じています。個々の作品の出来映えや評価について語るよりは、むしろそういうジェネラルなシステムそのものに対して語る方が、僕としては楽しいかもしれません。具体的に語りがいもあります。

　もし読者が僕の作品に、温泉の湯の深い温かみみたいなものを、肌身の感覚として少しでも感じ取ってくださるとすれば、それは本当に嬉しいことです。僕自身ずっとそのような「実感」を求めてたくさんの本を読み、たくさんの音楽を聴いてきたわけですから。

　自分の「実感」を何より信じましょう。たとえまわりがなんと言おうと、そんなことは関係ありません。書き手にとっても、また読み手にとっても、「実感」にまさる基準はどこにもありません。

第七回　どこまでも個人的でフィジカルな営み

小説を書くというのは、密室の中でおこなわれるどこまでも個人的な営みです。一人で書斎にこもり、机に向かって、（ほとんどの場合）何もないところから架空の物語を立ち上げ、それを文章のかたちに変えていきます。形象を持たない主観的なものごとを、形象ある客観的なもの（少なくとも客観性を求めるもの）へと転換していく――ごく簡単に定義すれば、それが我々小説家が日常的におこなっている作業です。「いや、俺は書斎みたいな立派なものは持っていないよ」という人も、おそらく少なからずおられるでしょう。僕も小説を書き始めたころには、書斎なんてものは持ち合わせていませんでした。千駄ヶ谷の鳩森八幡神社の近くにある、狭いアパート（今は取り壊されましたが)で、台所のテーブルに向かい、家人が寝てしまってから、深夜に一人で四百字詰原稿用紙に向かってかさかさとペンを走らせていました。そのようにして『風の歌を聴け』と『１９７３年のピンボール』という、最初の二冊の小説を書き上げました。僕はこの二作を「キッチン・テーブル小説」と個人的に（勝手に）

名付けています。

小説『ノルウェイの森』の最初の方は、ギリシャ各地のカフェのテーブルや、フェリーの座席や、空港の待合室や、公園の日陰や、安ホテルの机で書きました。四百字詰原稿用紙みたいな大きなものをいちいち持ち運ぶわけにはいかないので、ローマの文具店で買った安物のノートブック（昔風に言えば大学ノート）に、BICのボールペンで細かい字を書いていました。まわりの席ががやがやうるさかったり、テーブルがぐらぐらしてうまく字が書けなかったり、ノートにコーヒーをこぼしてしまったり、ホテルの机に向かって夜中に文章を吟味しているあいだ、薄い壁で隔てられた隣の部屋で男女が盛大に盛り上がっていたりと、まあいろいろと大変でした。今から思えば微笑ましいエピソードみたいですが、そのときにはけっこうめげたものです。定まった住居がなかなか見つからなかったので、そのあともヨーロッパ各地をあちこちと移動しながら、いろんな場所でこの小説を書き続けました。そのコーヒー（やら、わけのわからない何やかや）のしみのついた分厚いノートは、今でも僕の手元に残っています。

しかしたとえどのような場所であれ、人が小説を書こうとする場所はすべて密室であり、ポータブルな書斎なのです。僕が言いたいのは、要するにそういうことです。

僕は思うのですが、人は本来、誰かに頼まれて小説を書くわけではありません。「小説を書きたい」という強い個人的な思いがあるからこそ、そういう内なる力をひしひしと感じるからこそ、それなりに苦労してがんばって小説を書くのです。

もちろん依頼を受けて小説を書くことはあります。職業的作家の場合、あるいは大半がそうかもしれません。僕自身は依頼や注文を受けて小説を書かないことを、長年にわたって基本的な方針としてやってきましたが、僕のようなケースはどちらかといえば珍しいかもしれません。多くの作家は、編集者から「うちの雑誌に短編小説を書いてください」とか「うちの社で書き下ろしの長編をお願いします」とかいった依頼を受け、そこから話が始まるようです。そういう場合、約束の期日があるのが通常ですし、ことによっては前借りというかたちで前渡し金のようなものをもらう場合もあるみたいです。

しかしそれでもやはり、小説家は自らの内的衝動に従って自発的に小説を書くという、基本的な筋道になんら変わりはありません。外部からの依頼や、締め切りという制約がないとうまく小説が書き始められないという人も、あるいはおられるかもしれません。でもそもそも「小説を書きたい」という内的衝動が存在しなければ、いくら締め切りがあったところで、いくらお金を積まれ、泣いて懇願されたところで、小説は書けるものではありません。当たり前の話ですね。

そしてそのきっかけがどうであれ、いったん小説を書き始めれば、小説家は一人ぼっちになります。誰も彼（彼女）を手伝ってはくれません。人によっては、リサーチャーがついたりすることはあるかもしれませんが、その役目はただ資料や材料を集めるだけです。誰も彼なり彼女なりの頭の中を整理してはくれないし、誰も適当な言葉をどこかから見つけてきてくれたりしません。いったん自分で始めたことは、自分で推し進め、自分で完成させなくてはなりません。最近のプロ野球のピッチャーみたいに、いちおう七回まで投げて、あとは救援投手陣にまかせてベンチで汗を拭いている、というわけにはいかないのです。小説家の場合、ブルペンには控えの投手なんていません。だから延長戦に入って十五回になろうが、十八回になろうが、試合の決着がつくまで一人で投げきるしかありません。

たとえば、これはあくまで僕の場合はということですが、書き下ろしの長編小説を書くには、一年以上（二年、あるいは時によっては三年）書斎にこもり、机に向かって一人でこつこつと原稿を書き続けることになります。朝早く起きて、毎日五時間から六時間、意識を集中して執筆します。それだけ必死になってものを考えると、脳が一種の過熱状態になり（文字通り頭皮が熱くなることもあります）、しばらくは頭がぼんやりしています。だから午後は昼寝をしたり、音楽を聴いたり、害のない本を読んだりします。そんな生活をしているとどうしても運動不足になりますから、毎日だいたい一時間は外に出て運動をします。そして翌日の仕事に備えます。来る日も来る日も、判で押したみたいに同じことを繰り返します。

孤独な作業だ、というとあまりにも月並みな表現になってしまいますが、小説を書くというのは――とくに長い小説を書いている場合には――実際にずいぶん孤独な作業です。ときどき深い井戸の底に一人で座っているような気持ちになります。誰も助けてはくれませんし、誰も「今日はよくやったね」と肩を叩いて褒めてもくれません。その結果として生み出された作品が誰かに褒められるということは（もちろんうまくいけばですが）ありますが、それを書いている作業そのものについて、人はとくに評価してはくれません。それは作家が自分一人で、黙って背負わなくてはならない荷物です。

僕はその手の作業に関してはかなり我慢強い性格だと自分でも思っていますが、それでもときどきうんざりして、いやになってしまうことがあります。しかし巡り来る日々を一日また一日と、まるで煉瓦職人が煉瓦を積むみたいに、辛抱強く丁寧に積み重ねていくことによって、やがてある時点で「ああそうだ、なんといっても自分は作家なのだ」という実感を手にすることになります。そしてそういう実感を「善きもの」「祝賀するべきもの」として受け止めるようになります。アメリカの禁酒団体の標語に「One day at a time」（一日ずつ着実に）というのがありますが、まさにそれですね。リズムを乱さないように、巡り来る日を一日ずつ堅実にたぐり寄せ、後ろに送っていくしかないのです。そしてそれを黙々と続けていると、あるとき自分の中で「何か」が起こるのです。でもそれが起こるまでには、ある程度の時間がかかります。あなたはそれを辛抱強く待たなくてはならない。一日はあくまで一日です。いっぺんにまとめて二、三日をこなしてしまうわけにはいきません。

そういう作業を我慢強くこつこつと続けていくためには何が必要か？

言うまでもなく持続力です。

机に向かって意識を集中するのは三日が限度、というのではとても小説家にはなれません。三日あれば短編小説は書けるだろう、とおっしゃる方がおられるかもしれません。たしかにそのとおりです。三日あれば短編小説一本くら**い**は書けちゃうかもしれません。でも三日かけて短編小説をひとつ書き上げて、それで意識をいったんち**ゃ**らにして、新たに体勢を整えて、また三日かけて次の短編小説をひとつ書く、というサイクルは、いつまでも延々と繰り返せるものではありません。そんなぶつぶつに分断された作業を続けていたら、たぶん書く方の身が持たないでしょう。短編小説を専門とする人だって、職業作家として生活していくからには、流れの繋がりがある程度なくてはなりません。長い歳月にわたって創作活動を続けるには、長編小説作家にせよ、短編小説作家にせよ、継続的な作業を可能にするだけの持続力がどうしても必要になってきます。

それでは持続力を身につけるためにはどうすればいいのか？

それに対する僕の答えはただひとつ、とてもシンプルなものです——基礎体力を身につけること。逞しくしぶといフィジカルな力を獲得すること。自分の身体を味方につけること。

もちろんこれはあくまで僕の個人的な、そして経験的な意見に過ぎません。普遍性みたいなものはないかもしれません。しかし僕はここでそもそも個人として話をしているわけですから、僕の意見はどうしたって個人的・経験的なものになってしまいます。異なった意見もあるとは思いますが、それは違う人の口から聞いてください。僕はあくまで僕自身の意見を述べさせていただきます。普遍性があるかないかは、あなたが決めてください。

世間の多くの人々はどうやら、作家の仕事は机の前に座って字を書くくらいのことだから、体力なんて関係ないだろう、コンピュータのキーボードを叩くだけの（あるいは紙にペンを走らせるだけの）指の力があればそれで十分ではないか、と考えておられるようです。作家というのはそもそも不健康で反社会的、反俗的な存在なんだから、健康維持やフィットネスなんてお呼びじゃあるまい、という考え方も世の中には根強く残っています。そしてその言い分は僕にもある程度理解できます。そういうのはステレオタイプな作家イメージだと、簡単に一蹴することはできないだろうと思います。

しかし実際に自分でやってみれば、おそらくおわかりになると思うのですが、毎日五時間か六時間、机の上のコンピュータ・スクリーンの前に（もちろん蜜柑箱の上の四百字詰原稿用紙の前だって、ちっともかまわないわけですが）一人きりで座って、意識を集中し、物語を立ち上げていくためには、並大抵ではない体力が必要です。若い時期には、それもそんなにむずかしいことではないかもしれません。二十代、三十代……、そういう時期には生命力が身体にみなぎっていますし、肉体も酷使されることに対して不満を言い立てません。集中力も、必要とあらば比較的簡単に呼び起こせるし、それを高い水準で維持することができます。若いというのは実に素晴らしいことです（もう一回やってみろと言われてもちょっと困りますが）。しかしごく一般的に申し上げて、中年期を迎えるにつれ、残念ながら体力は落ち、瞬発力は低下し、持続力は減退していきます。筋肉は衰え、余分な贅肉（ぜいにく）が身体に付着していきます。「筋肉は落ちやすく、贅肉はつきやすい」というのが僕らの身体にとっての、ひとつの悲痛なテーゼになります。そしてそのような減退をカバーするには、体力維持のためのコンスタントな人為的努力が欠かせないものになってきます。

また体力が落ちてくれば、（これもあくまで一般的に言えば、ということですが）それに従って、思考する能力も微妙に衰えを見せていきます。思考の敏捷性（びんしょう）、精神の柔軟性も失われてきます。僕はある若手の作家からインタビューを受けたとき、「作家は贅肉がついたらおしまいですよ」と発言したことがあります。これはまあ極端な言い方で、例外的なことはもちろんあると思うんですが、でも多かれ少なかれそういうことは言えるのではないかと考えています。それが物理的な贅肉であれ、メタファーとしての贅肉であれ。多くの作家はそのような自然な衰えを、文章テクニックの向上や、意識の熟成みたいなものでカバーしていくわけですが、それにもやはり限度があります。

また最近の研究によれば、脳内にある海馬のニューロンが生まれる数は、有酸素運動をおこなうことによって飛躍的に増加するということです。有酸素運動というのは水泳とかジョギングとかいった、長時間にわたる適度な運動のことです。ところがそうして新たに生まれたニューロンも、そのままにしておくと、二十八時間後には何の役に立つこともなく消滅してしまいます。実にもったいない話ですね。でもその生まれたばかりのニューロンに知的刺激を与えると、それは活性化し、脳内のネットワークに結びつけられ、信号伝達コミュニティーの有機的な一部となります。つまり脳内ネットワークがより広く、より密なものになるわけです。そのようにして学習と記憶の能力が高められます。そしてその結果、思考を臨機応変に変えたり、普通ではない創造力を発揮したりすることができやすくなるのです。より複雑な思考をし、大胆な発想をすることが可能になります。つまり肉体的運動と知的作業との日常的なコンビネーションは、作家のおこなっているような種類のクリエイティブな労働には、理想的な影響を及ぼすわけです。

僕は専業作家になってからランニングを始め（走り始めたのは『羊をめぐる冒険』を書いていたときからです）、それから三十年以上にわたって、ほぼ毎日一時間程度ランニングをすることを、あるいは泳ぐことを生活習慣としてきました。たぶん身体が頑丈にできていたのでしょう、そのあいだ体調を大きく崩したこともなく、足腰を痛めたこともなく（一度だけスカッシュをしているときに肉離れを経験しましたが）、ほぼブランクなしに、日々走り続けることができました。一年に一度はフル・マラソン・レースを走り、トライアスロンにも出場するようになりました。

よく毎日ちゃんと走れますね、よほど意志が強いんですね、と感心されることもありますが、僕に言わせれば、毎日通勤電車で会社に通っておられる普通のサラリーマンの方が、体力的にはよほど大変です。ラッシュアワーの電車に一時間乗ることに比べたら、好きなときに一時間外を走るくらい何でもないことです。とくに意志が強いわけでもありません。僕は走ることが好きだし、ただ自分の性格に合ったことを習慣的に続けているだけです。いくら意志が強くても、性格に合わないことを三十年も続けられるわけがありません。

そしてそのような生活を積み重ねていくことによって、僕の作家としての能力は少しずつ高まってきたし、創造力はより強固な、安定したものになってきたんじゃないかと、常日頃感じていました。客観的な数値を示して「ほら、こんなに」と説明することはできませんが、自然な手応え（てごた）として、実感として、そういうものが僕の中にあったわけです。

しかし僕がそんなことを言っても、まわりの多くの人はまったくとりあってくれませんでした。むしろ嘲笑（ちょうしょう）されることの方が多かったみたいです。とくに十年くらい前までは、人々はそういうことにはほとんど無理解でした。「毎朝走っていたりしたら、健康的になりすぎて、ろくな文学作品は書けないよ」みたいなこともあちこちで言われました。ただでさえ文芸世界には、肉体的鍛錬を頭から小馬鹿（こばか）にする風潮がありました。「健康維持」というと、多くの人は筋肉むきむきのマッチョを想像するみたいですが、健康維持のために生活の中で日常的におこなう有酸素運動と、器具を使っておこなうボディー・ビルディングみたいなものとでは話がずいぶん違います。

日々走ることが僕にとってどのような意味を持つのか、僕自身には長い間そのことがもうひとつよくわかりませんでした。毎日走っていればもちろん身体は健康になります。脂肪を落とし、バランスのとれた筋肉をつけることもできますし、体重のコントロールもできます。しかしそれだけのことじゃないんだ、と僕は常日頃感じていました。その奥にはもっと大事な何かがあるはずだと。でもその「何か」がどういうものなのか、自分でもはっきりとはわからないし、自分でもよくわからないものを他人に説明することもできません。

でもとりあえず意味が今ひとつ把握できないまま、この走るという習慣を、僕はしつこくがんばって維持してきました。三十年というのはずいぶん長い歳月です。そのあいだずっとひとつの習慣を変わらず維持していくには、やはりかなりの努力を必要とします。どうしてそんなことができたのか？　走るという行為が、いくつかの「僕がこの人生においてやらなくてはならないものごと」の内容を、具体的に簡潔に表象しているような気がしたからです。そういう大まかな、しかし強い実感（体感）がありました。だから「今日はけっこう身体がきついな。あまり走りたくないな」と思うときでも、「これは僕の人生にとってとにかくやらなくちゃならないことなんだ」と自分に言い聞かせて、ほとんど理屈抜きで走りました。その文句は今でも、僕にとってのひとつのマントラみたいになっています。「これは僕の人生にとってとにかくやらなくちゃならないことなんだ」というのが。

何も「走ること自体が善である」と考えているわけではありません。走ることはただの走ることです。善も不善もありません。もしあなたが「走るなんていやだ」と思うのなら、無理して走る必要はありません。走るも走らないも、そんなのは個人の自由です。僕は「さあ、みんなで走りましょう」みたいな提唱をしているわけではありません。街を歩いていて、高校生が冬の朝に全員で外を走らされているのを見ると、

「気の毒に。中にはきっと走りたくない人もいるだろうに」とつい同情してしまうくらいです。本当に。

ただ僕個人に関して言えば、走るという行為は、それなりに大きな意味を持っていたということです。というか、それが僕にとって、あるいは僕がやろうとしていることにとって、何らかのかたちで必要とされる行為なんだというナチュラルな認識が、ずっと変わることなく僕の内にありました。そういう思いが、いつも僕の背中を後ろから押してくれていたわけです。酷寒の朝に、酷暑の昼に、身体がだるくて気持ちが乗らないようなときに、「さあ、がんばって今日も走ろうぜ」と温かく励ましてくれました。

でもそういうニューロンの形成についての科学記事を読むと、僕がこれまでやってきたこと、実感（体感）してきたことは本質的に間違ってはいなかったんだなと、あらためて思います。というか、身体が素直に感じることに注意深く耳を澄ませるのは、ものを創造する人間にとっては基本的に重要な作業であったのだなと痛感します。精神にせよ頭脳にせよ、それらは結局のところ、等しく僕らの肉体の一部なのです。そして精神と頭脳と身体の境界は、僕に言わせてもらえれば――生理学者がどのように述べているかはよく知りませんが――それほどくっきりと明確な線で区切られているものではないのです。

これはいつも僕が言っていることで、「またか」と思われる方もおられるかもしれませんが、やはり重要なことなのでここでも繰り返します。しつこいようですが、すみません。

小説家の基本は物語を語ることです。そして物語を語るというのは、言い換えれば、意識の下部に自ら下っていくことです。心の闇(やみ)の底に下降していくことです。大きな物語を語ろうとすればするほど、作家はより深いところまで降りて行かなくてはなりません。大きなビルディングを建てようとすれば、基礎の地下部分も深く掘り下げなくてはならないのと同じことです。また密な物語を語ろうとすればするほど、その地下の暗闇はますます重く分厚いものになります。

作家はその地下の暗闇の中から自分に必要なものを――つまり小説にとって必要な養分です――見つけ、それを手に意識の上部領域に戻ってきます。そしてそれを文章という、かたちと意味を持つものに転換していきます。その暗闇の中には、ときには危険なものごとが満ちています。そこに生息するものは往々にして、様々な形象をとって人を惑わせようとします。また道標もなく地図もありません。迷路のようになっている箇所もあります。地下の洞窟と同じです。油断していると道に迷ってしまいます。そのまま地上に戻れなくなってしまうかもしれません。その闇の中では集合的無意識と個人的無意識とが入り交じっています。太古と現代が入り交じっています。僕らはそれを腑分けすることなく持ち帰るわけですが、ある場合にはそのパッケージは危険な結果を生みかねません。

そのような深い闇の力に対抗するには、そして様々な危険と日常的に向き合うためには、どうしてもフィジカルな強さが必要になります。どの程度必要なのか、数値では示せませんが、少なくとも強くないよりは、強い方がずっといいはずです。そしてその強さとは、他人と比較してどうこうという強さではなく、自分にとって「必要なだけ」の強さのことです。僕は小説を日々書き続けることを通じて、そのことを少しずつ実感し、理解してきました。心はできるだけ強靭でなくてはならないし、長い期間にわたってその心の強靭さを維持するためには、その容れ物である体力を増強し、管理維持することが不可欠になります。

僕がここで言う「強い心」とは、実生活のレベルにおける実際的な強さのことではありません。実生活においては、僕はごくごく当たり前の出来の人間です。つまらないことで傷つくこともあれば、逆に言わなくてもいいことを言ってしまって、あとでくよくよ後悔することもあります。誘惑にはなかなか逆らえないし、面白くない義務からはできるだけ目を背けようとします。些細なことでいちいち腹を立てたり、かと思うと油断してうっかり大事なことを見過ごしてしまったりします。なるべく言い訳はするまいと心がけているのですが、時にはつい口に出してしまうこともあります。今日はお酒を抜いた方がいいかなと思っていても、つい冷蔵庫からビールを出して飲んでしまったりします。そのへんのところは、世間の普通の人とだいたい同じようなものじゃないかと推測します。いや、ひょっとしたら平均を下回るくらいかもしれません。

しかし小説を書くという作業に関して言えば、僕は一日に五時間ばかり、机に向かってかなり強い心を抱き続けることができます。その心の強さは――少なくともその多くの部分はということですが――僕の中に生まれつき具わっていたものではなく、後天的に獲得されたものです。僕は自分を意識的に訓練することによって、それを身につけることができたのです。更に言うなら、もしその気にさえなれば、それは「簡単に」とまでは言わないまでも、努力次第で、誰にでもある程度身につけられるものではないか、という気もします。もちろんその強さとは、身体的強さの場合と同じように、他人と比べたり競ったりするものではなく、自分の今ある状態を最善のかたちに保つための強さのことです。

何もモラリスティックになれ、ストイックになれと言っているわけではありません。モラリスティックになり、ストイックになることと、優れた小説を書くことのあいだには、直接的な関係性はとくにありません。おそらくないんじゃないかと思います。僕はただ、フィジカルなものごとにもっと意識的になった方がいいのではないかと、ごくシンプルに、実務的に提案しているだけです。

そういう考え方、生き方は、あるいは世間の人々の抱いている一般的な小説家の像にはそぐわないかもしれません。僕自身こんなことを言いながら、だんだん不安に襲われてきます。自堕落な生活を送り、家庭なんか顧みず、奥さんの着物を質に入れて金を作り（ちょっとイメージが古すぎるかな）、あるときには酒に溺れ、女に溺れ、とにかく好き放題なことをして、そのような破綻と混沌の中から文学を生み出す反社会的文士——そんなクラシックな小説家像を、ひょっとして世間の人々はいまだに心の中で期待しているのではないだろうか。あるいはスペイン内戦に参加し、飛び交う砲弾の下でぱたぱたとタイプライターを叩き続けるような「行動する作家」を求めているのではないだろうか。穏やかな郊外住宅地に住み、早寝早起きの健康的な生活を送り、日々のジョギングを欠かさず、野菜サラダを作るのが好きで、書斎にこもって毎日決まった時刻に仕事をするような作家なんて、実は誰も求めていないんじゃないか。僕はただ人々の抱くロマンスに、ろくでもない水を差してまわっているだけではあるまいかと。

たとえばアンソニー・トロロープという作家がいます。十九世紀の英国の作家で、数多くの長編小説を発表し、当時とても人気があった人です。彼はロンドンの郵便局に勤務しながらあくまで趣味として小説を書いていたのですが、やがて作家として成功を収め、一世を風靡（ふうび）する流行作家となりました。しかしそれでも彼は郵便局の仕事を最後まで辞めませんでした。毎日仕事前に早起きして机に向かい、自分で定めた量の原稿をせっせと書き続けました。そのあと郵便局に出勤しました。トロロープは有能な役人であったらしく、管理職としてかなり高いポジションまで出世しました。ロンドンの街頭のあちこちに赤い郵便ポストが設置されたのは、彼の業績であるとされています（それまではポストなんてものは存在しなかったんですね）。郵便局の仕事がことのほか気に入っていて、執筆活動がどんなに忙しくなろうと、勤めをやめて専業作家になろうなんて思いも寄らなかったようです。たぶんちょっと変わった人だったんでしょうね。

彼は一八八二年に六十七歳で亡くなったのですが、遺稿として残されていた自伝が死後刊行され、彼のそのようないかにも非ロマン的な、規則正しい日常生活の様子が初めて世間に公表されました。それまではトロロープがどういう人なのか、人々はよく知らなかったのですが、実情が明らかになって、評論家も読者もただがく然とし、あるいは落胆失望し、それを境に英国における作家トロロープの人気や評価はすっかり地に落ちたということです。僕なんかそういう話を聞くと、「すごいなあ、ほんとに偉い人だな」と素直に感心し、トロロープさんを尊敬しちゃうわけですが（本を読んだことはまだないんですが）、当時の人々は全然そうではなかった。「なんだよ、おれたちはこんなつまらないやつの書いた小説を読まされていたのか」と真剣に腹を立てたみたいです。あるいは十九世紀英国の普通の人々は作家に対して――あるいは作家の生き方に対して――反俗的な理想像を求めていたのかもしれません。僕もこんな「普通の生活」を送っていると、ひょっとしてトロロープさんと同じような目にあわされるんじゃないかと思うと、思わずびくびくしてしまいます。まあ、トロロープさんは二十世紀に入ってから再評価を受けましたから、それは良かったといえば良かったわけですが……。

そういえば、フランツ・カフカもプラハの保険局で公務員の仕事をしながら、職務のあいだにこつこつと小説を書いていました。彼もかなり有能な、真面目（まじめ）な官吏であったようで、職場の同僚たちにも一目置かれていたようです。カフカが休むと、局の仕事が滞ったという話です。トロロープさんと同じように、本業も手抜きなしでしっかりやるし、副業の小説も真剣に書くという人だったんですね（ただ本業を持っているというのが、彼の小説の多くが未完に終わっていることへのエクスキューズになっている節があるような気はするのですが）。でもカフカの場合は、トロロープさんと違って、そういうきちんとした生活態度が、逆に「偉い」と評価されているところがあります。どこでそういう差が出てくるのか、ちょっと不思議ですね。人の毀誉褒貶（きよほうへん）というのはなかなかわからないものです。

　いずれにせよ、作家に対してそういう「反俗的な理想像」を求めておられるみなさんには本当に申し訳ないとは思うのですが、そして――何度も繰り返すようですが――あくまで僕にとってはということになるのですが、肉体的に節制をすることは、小説家であり続けるために不可欠なことなのです。

　僕が思うに、混沌というものは誰の心にも存在するものです。僕の中にもありますし、あなたの中にもあります。いちいち実生活のレベルで具体的に、目に見えるようなかたちで、外に向かって示さなくてはならないという類（たぐい）のものではありません。

「ほら、俺の抱えている混沌はこんなにでかいんだぞ」と人前で見せびらかすようなものではない、ということです。自分の内なる混沌に巡り合いたければ、じっと口をつぐみ、自分の意識の底に一人で降りていけばいいのです。我々が直面しなくてはならない混沌は、しっかり直面するだけの価値を持つ真の混沌は、そこにこそあります。まさにあなたの足もとに潜んでいるのです。

それを忠実に誠実に言語化するためにあなたに必要とされるのは、寡黙(かもく)な集中力であり、挫(くじ)けることのない持続力であり、あるポイントまでは堅固に制度化された意識です。そしてそのような資質をコンスタントに維持するために必要とされるのは身体力です。実に面白みのない、本当に文字通り散文的な結論かもしれませんが、それが小説家としての僕の基本的な考え方です。批判されるにせよ、賞賛されるにせよ、腐ったトマトを投げつけられるにせよ、美しい花を投げかけられるにせよ、僕にはとにかくそういう書き方しか——そしてまたそういう生き方しか——できないのです。

僕は小説を書くという行為そのものが好きです。だからこうやって小説を書いて、ほぼそれだけで生活していけるというのは、僕にとっては本当にありがたいことだし、そういう生活を送れるようになったことについては、実に幸運だったとも思っています。実際のところ、もし人生のある時点で破格の幸運に恵まれなければ、こんなことはとても達成できなかったでしょう。率直にそう思っています。幸運というより、ほとんど奇跡と言っていいかもしれません。

僕の中にもともと小説を書く才能が多少あったとしても、油田や金鉱と同じで、もしそれが掘り起こされなければ、いつまでも地中深く眠りっぱなしになっていたはずです。「強い豊かな才能があれば、それは必ずいつか花開くものだ」と主張する人もいます。が、僕の実感からいえば――僕は自分の実感についていささかの自信を持っています――必ずしもそうとは限らないようです。その才能が地中の比較的浅いところに埋まっているものであれば、放っておいても自然に噴き出してくるという可能性は大きいでしょう。しかしもしそれがかなり深いところにあるものなら、そう簡単には見つけられません。それがどれほど豊かな優れた才能であったとしても、もし「よしここを掘ってみよう」と思い立って、実際にシャベルを持ってきて掘る人がいなければ、地中に埋まったまま永遠に見過ごされてしまうかもしれません。僕自身の人生を振り返ってみて、つくづくそのように実感します。ものごとには潮時というものがありますし、その潮時はいったん失われてしまえば、多くの場合、もう二度と訪れることはありません。人生というのはしばしば気まぐれで、不公平で、ある場合には残酷なものです。僕はたまたまその好機をうまく捉えることができた。それは今振り返ってみれば、まったくのところ、幸運以外の何ものでもなかったという気がします。
しかし幸運というのは、言うなればただの入場券のようなものです。そういう点ではそれは油田や金鉱とは性格を異にしています。それを見つけて、いったん手に入れたらあとはもうオーケー、左うちわで安逸に人生を送れるというものではありません。その入場券を持っていれば、あなたは催し物の会場に入れてもらえます——でもそれだけのことです。入り口で入場券を渡して、会場の中に入れてもらって、それからどのような行動をとるか、そこで何を見出し、何を取り、何を捨てるか、そこで生じるであろういくつかの障害をどのように乗り越えていくか、それはあくまで個人の才能や資質や技量の問題になり、人としての器量の問題になり、世界観の問題になり、また時にはごくシンプルに身体力の問題になります。いずれにせよ、それはただ幸運であるというだけではまかないきれないものごとです。

当然のことですが、人間にいろんなタイプの人間がいるように、作家にもいろんなタイプの作家がいます。いろんな生き方があり、いろんな書き方があります。いろんなものの見方があり、いろんな言葉の選び方があります。すべてを一律に論じることはもちろんできません。僕にできるのは、「僕のようなタイプの作家」について語ることでしかありません。ですからもちろん限定された話になります。しかし同時にそこには——職業的小説家であるという一点に関して言えば——個別的な相違を貫いて、何かしら通底するものもあるはずです。一言で言えばそれは精神の「タフさ」ではないかと、僕は考えています。迷いをくぐり抜けたり、厳しい批判を浴びたり、親しい人に裏切られたり、思いもかけない失敗をしたり、あるときには自信を失ったり、あるときには自信を持ちすぎてしくじったり、とにかくありとあらゆる現実的な障害に遭遇しながらも、それでもなんとしても小説というものを書き続けようとする意志の堅固さです。

そしてその強固な意志を長期間にわたって持続させていこうとすれば、どうしても生き方そのもののクォリティーが問題になってきます。まず十全に生きること。そして「十全に生きる」というのは、すなわち魂を収める「枠組み」である肉体をある程度確立させ、それを一歩ずつ着実に前に進めていくことだ、というのが僕の基本的な考え方です。生きるというのは（多くの場合）うんざりしてしまうような、だらだらとした長期戦です。肉体をたゆまず前に進める努力をすることなく、意志だけを、あるいは魂だけを前向きに強固に保つことは、僕に言わせれば、現実的にほとんど不可能です。人生というのはそんなに甘くはありません。傾向がどちらかひとつに偏れば、人は遅かれ早かれいつか必ず、逆の側からの報復（あるいは揺り戻し）を受けることになります。一方に傾いた秤は、必然的にもとに戻ろうとします。フィジカルな力とスピリチュアルな力は、いわば車の両輪なのです。それらが互いにバランスを取って機能しているとき、最も正しい方向性と、最も有効な力がそこに生じることになります。

これはとてもシンプルな例ですが、もし虫歯がずきずき痛んでいるとしたら、机に向かってじっくり小説を書くことなんてできません。どれだけ立派な構想が頭にあり、小説を書こうとする強い意志があり、豊かな美しい物語を作り出していく才能があなたに具わっていたとしても、もしあなたの肉体が、物理的な激しい痛みに間断なく襲われていたとしたら、執筆に意識を集中することなんてまず不可能ではないでしょうか。まず歯科医のところに行って虫歯を治療し——つまり身体をしかるべく整備し——それから机に向かわなくてはなりません。僕が言いたいのは簡単に言えばそういうことです。

とてもとても単純なセオリーですが、それは僕がこれまでの人生において身をもって学んできたことです。フィジカルな力とスピリチュアルな力は、バランス良く両立させなくてはならない。それぞれがお互いを有効に補助しあうような体勢にもっていかなくてはならない。戦いが長期戦になればなるほど、このセオリーはより大きな意味あいを持ってきます。

もちろんあなたが類い稀(まれ)な天才で、モーツァルトやシューベルトやプーシキンやランボーやファン・ゴッホのように、短い期間にぱっと華やかに開花し、人の心を打ついくつかの美しい、あるいは崇高な作品をあとに残し、歴史に鮮やかに名をなし、そのまま燃え尽きてしまえばいい、それでもう十分だ、と考えておられるのであれば、僕のそのようなセオリーはまったくあてはまりません。僕がこれまで言ってきたようなことは、どうかきれいさっぱりと忘れてください。そして好きなことを好きなようにやってください。言うまでもないことですが、それはひとつの立派な生き方です。そしてモーツァルトやシューベルトやプーシキンやランボーやファン・ゴッホのような天才芸術家は、どの時代にあっても必要不可欠な存在です。

しかしもしそうでないのなら、つまりあなたが（残念ながら）希有(けう)な天才なんかではなく、自分の手持ちの（多かれ少なかれ限定された）才能を、時間をかけて少しでも高めていきたい、力強いものにしていきたいと希望しておられるなら、僕のセオリーはそれなりの有効性を発揮するのではないかと考えます。意志をできるだけ強固なものにしておくこと。そして同時にまた、その意志の本拠地である身体もできるだけ健康に、できるだけ頑丈に、できるだけ支障のない状態に整備し、保っておくこと――それはとりもなおさず、あなたの生き方そのもののクォリティーを総合的に、バランス良く上に押し上げていくことにも繋がってきます。そのような地道な努力を惜しまなければ、そこから創出される作品のクォリティーもまた自然に高められていくはずだ、というのが僕の基本的な考え方です（繰り返すようですが、このセオリーは天才的資質を持った芸術家には適用されません）。

それではどのようにして生き方の質をレベルアップしていけばいいか？　その方法は人それぞれです。百人の人がいれば、百通りの方法があります。自分でそれぞれに自分の道を見つけていくしかありません。自分の物語と自分の文体を、それぞれが見つけていくしかないのと同じように。

またフランツ・カフカの例を出しますが、彼は四十歳の若さで、肺結核で亡くなりましたし、残された作品のイメージからするといかにもナーバスで、肉体的には弱々しい印象があるのですが、身体の手入れには意外に真剣に気を遣っていたようです。菜食を徹底し、夏にはモルダウ川で一日一マイル（約千六百メートル）を泳ぎ、日々時間をかけて体操をやっていたそうです。カフカが真剣な顔をして体操をしている姿をちょっと見てみたいという気がしますね。

僕は生きて成長していく過程の中で、試行錯誤を重ねつつ、僕自身のやり方をなんとか見つけていきました。トロロープさんはトロロープさんのやり方を見つけ、カフカさんはカフカさんのやり方を見つけました。あなたはあなたのやり方を見つけてください。身体的な面においても精神的な面においても、人それぞれに事情は違っているはずです。人それぞれに、それぞれのセオリーがあるでしょう。でも僕のやり方が少しでも何かの参考になれば——言い換えればそれがいくらかでも普遍性を持っていたとしたらということですが——僕としてはもちろんとても嬉(うれ)しく思います。

第八回　学校について

今回は学校の話をします。僕にとって学校はどのような場所（あるいは状況）であったのか、学校教育は小説家である僕にとって、どのように役に立ってきたのか、あるいは役に立ってこなかったのか？　そういうことについて語ってみたいと思います。

僕の両親は教師でしたし、僕自身もアメリカの大学で何度かクラスを受け持ったことはあります（教員免許みたいなものは持っていませんが）。しかし率直に申し上げまして、学校というものが僕は昔からわりに苦手でした。自分の通った学校について考えると、こんなことを言うのは学校に対してまことに心苦しいのですが（すみません）、あまり良い思い出は蘇ってきません。首筋がなんだかもさもさとむず痒くなってくるくらいです。まあこれは、学校そのものに問題があったというよりは、むしろ僕の方に問題があったということかもしれませんが。

いずれにせよ、大学をなんとかようやく卒業したときは、「ああ、これでもう学校には行かなくていいんだ」と思ってほっとしたことを覚えています。やっと肩から重い荷物を下ろすことができたという感じでした。学校が懐かしいと思ったことは（たぶん）一度もないかもしれない。

じゃあどうして僕は今頃になって、わざわざ学校について語ろうとしているのか？　それはおそらく僕が——もう学校から遥か遠く離れた人間として——そろそろ僕自身の学校体験について、あるいは教育というもの全般について、感じていることや思っていることを、自分なりに整理して語ってもいいんじゃないかと思うようになったからだと思います。というか、自らを語るにあたって、ある程度そのへんを明らかにしておくべきなんじゃないかと。またそれに加えて、最近になって、登校拒否（回避）をした経験のある何人かの若い人と会って話をしたことも、あるいはその動機のひとつになっているかもしれません。

本当に正直なところ、僕は小学校から大学まで一貫して、学校の勉強がそんなに得意ではありませんでした。とくにひどい成績だったとか、落ちこぼれだったとか、そういうわけではなくて、まあそこそこはできたとは思うんですが、勉強するという行為自体がもともとそんなに好きではなかったし、実際あまり勉強しなかった。僕のかよった神戸の高校は、公立のいわゆる「受験校」で、一学年に六百人を超える生徒がいるような大きな学校でした。僕らは「団塊の世代」ですから、なにしろ子供の数が多かったんです。それでそれぞれの科目の定期試験の、上位五十人くらいの名前が公表されるのですが（たしかそうだったと記憶しています）、そのリストに僕の名前が載ることはまずなかった。つまり上位一割くらいの「成績優秀な生徒」というのではまったくなかったわけです。まあよく言って、中の上というあたりではなかったかと思います。

なぜ学校の勉強を熱心にしなかったかというと、いたって簡単な話で、まずだいいちにつまらなかったからです。あまり興味が持てなかった。というか、学校の勉強なんかより楽しいことが世の中にはたくさんありました。たとえば本を読んだり、音楽を聴いたり、映画を見に行ったり、海に泳ぎに行ったり、野球をしたり、猫と遊んだり、それからもっと大きくなると、友だちと徹夜麻雀（マージャン）をしたり、女の子とデートをしたり……というようなことです。それに比べれば、学校の勉強というのはかなりつまらなかった。考えてみれば、まあ当たり前のことですね。

でも僕としては、勉強を怠けて遊びほうけているという意識はとくにありませんでした。本をたくさん読んだり、音楽を熱心に聴いたりすることは——あるいは女の子とつきあうことだって含めていいかもしれませんが——僕にとっては大事な意味を持つ個人的な勉強なんだと、心の底でわかっていたからだと思います。ある意味ではむしろ学校の試験なんかより大切なものなんだと。自分の中で当時、どれくらいそのへんが明文化され、また理論化されていたか、正確には思い出せないのですが、「学校の勉強なんてつまらないよ」と開き直れる程度には認識していたような気がします。もちろん学校の勉強でも、興味のあるトピックについては自ら進んで勉強もしましたが。

それから他人と順位を競い合ったりすることに、昔からあまり興味が持てなかったということもあります。何も格好をつけて言うわけじゃないんですが、点数とか順位とか偏差値（僕が十代の頃にはありがたいことに、そんなものは存在しませんでした）とか、そういう具体的に数字に表れる優劣にもうひとつ心が惹かれないのです。これはもう生まれつきの性格という以外にないと思います。負けず嫌いな傾向も（ことによっては）なくはないんですが、他人との競争というレベルでは、そういうものはほとんど出てきません。

とにかく、本を読むことは当時の僕にとって何よりも重要でした。言うまでもないことですが、世の中には教科書なんかよりずっとエキサイティングで、深い内容を持つ本がいっぱいあります。そういう本のページを繰っていると、その内容が読む端から自分の血肉になっているという、ありありとした物理的な感触がありました。だから試験勉強を真剣にやろうというような気持ちになかなかなれなかった。年号や英単語を機械的に頭に詰め込んで、それが先になって自分の役に立つとはあまり思えなかったからです。系統的にではなく機械的に暗記したテクニカルな知識は、時間が経てば自然にこぼれ落ちて、どこかに——そう、知識の墓場みたいな薄暗いところに——吸い込まれて消えていきます。そういうもののほとんどには、いつまでも記憶に留めておくだけの必然性がないからです。

そんなものより、時間が経っても消えずに心に残るものの方が遥かに大事です。当たり前の話ですね。しかしそういう種類の知識にはあまり即効性はありません。そういう知識が真価を発揮するまでには、けっこう長い時間がかかります。残念ながら目前の試験の成績には直接結びつきません。即効性と非即効性の違いは、たとえて言うなら、小さいやかんと大きなやかんの違いです。小さなやかんはすぐにお湯が沸くので便利ですが、すぐに冷めてしまいます。一方大きなやかんはお湯が沸くまでに時間がかかるけれど、いったん沸いたお湯はなかなか冷めません。どちらがより優れているというのではなく、それぞれに用途と持ち味があるということです。上手に使い分けていくことが大事になります。

僕は高校時代の半ばから、英語の小説を原文で読むようになりました。とくに英語が得意だったわけじゃないんですが、どうしても原語で小説を読みたくて、あるいはまだ日本語に翻訳されていない小説を読みたくて、神戸の港の近くの古本屋で、英語のペーパーバックを一山いくらで買ってきて、意味がわかってもわからなくても、片端からがりがり乱暴に読んでいきました。最初はとにかく好奇心から始まったわけです。そしてそのうちに「馴れ」というか、それほど抵抗なく横文字の本が読めるようになりました。当時の神戸には外国人が多く住んでいたし、大きな港があるので船員もたくさんやってきたし、そういう人たちが、まとめて売っていく洋書が古本屋にいけばいっぱいありました。僕が当時読んでいたのは、ほとんどが派手な表紙のミステリーとかSFとかですから、それほどむずかしい英語じゃありません。言うまでもないことですが、ジェームズ・ジョイスとかヘンリー・ジェイムズとか、そんなややこしいものは高校生にはとても歯が立ちません。でもとにかく、本を一冊、最初から最後までいちおう英語で読めるようになりました。なにしろ好奇心がすべてです。しかしその結果、英語の試験の成績が向上したかというと、そんなことはぜんぜんありません。あいかわらず英語の成績はぱっとしませんでした。

どうしてだろう？　僕は当時、そのことについてけっこう考え込んでしまいました。僕より英語の試験の成績が良い生徒はいっぱいいるけれど、僕の見たところ、彼らには英語の本を一冊読み通すことなんてまずできません。でも僕にはおおむねすらすら楽しんで読める。なのにどうして、僕の英語の成績は相変わらずあまり良くないのだろう？　それで、あれこれ考えた末に僕なりに理解できたのは、日本の高校における英語の授業は、生徒が生きた実際的な英語を身につけることを目的としておこなわれてはいないのだということでした。

じゃあいったい何を目的としているのか？　大学受験の英語テストで高い点数を取ること、それをほとんど唯一の目的としているのです。英語で本が読めたり、外国人と日常会話ができたりなんてことは、少なくとも僕の通った公立校の英語の先生にとっては、些末なことでしかありません（「余計なこと」とまでは言いませんが）。それよりはひとつでも多くのむずかしい単語を記憶したり、仮定法過去完了がどういう構文になるかを覚えたり、正しい前置詞や冠詞を選んだり、というようなことが重要な作業になります。

もちろんその手の知識も大事です。とくに職業として翻訳をするようになってからは、基礎知識の手薄さをあらためて痛感しました。でもそういう細かいテクニカルな知識は、あとからいくらでも補強できます。あるいは現場で仕事をしながら、必要に応じて自然に身につけていけます。それよりもっと大事なのは「自分は何のために英語（あるいは特定の外国語）を学ぼうとしているのか」という目的意識です。そこが曖昧（あいまい）だと、勉強はただの「苦役」になってしまいます。僕の場合の目的はとてもはっきりしていました。とにかく英語で（原語で）小説が読みたい、とりあえずはそれだけです。

言語というのは生きているものです。人間も生きているものです。生きている人間が生きている言語を使いこなそうとしているのだから、そこにはフレキシビリティーがなくてはなりません。お互いが自在に動いていって、いちばん有効な接面を見つけなくてはなりません。実に当たり前のことなんだけど、学校というシステムの中では、そういう考え方はぜんぜん当たり前のことではなかった。それはやはり不幸なことだと僕は思うんです。つまり学校というシステムと、僕というシステムがうまくかみ合っていなかったということになります。だから学校に行くことがあまり楽しくなかった。仲の良い友だちやら、可愛い何人かの女の子やらがクラスにいたから、いちおう毎日通ってはいましたが。

もちろん「僕の時代はそうだった」ということですし、僕が高校生だったのは半世紀近く昔のことです。それから状況はある程度変化したのだろうと思います。世界はどんどんグローバル化しているし、コンピュータや録音録画機器などの導入によって教育現場の設備も改良され、ずいぶん便利になっているはずです。とはいえその一方で、学校というシステムのあり方、その基本的な考え方は、今でも半世紀前とそれほど違いがないいんじゃないか、という気がしないでもありません。外国語に関していうなら今だってやはり、本当に生きた外国語を身につけるためには、個人的に外国に出て行くしか方法がないみたいです。ヨーロッパなんかに行くと、若い人たちはたいてい流暢（りゅうちょう）に英語を話します。本なんかも英語でどんどん読んでしまう（おかげで各国の出版社は自国語に訳された本が売れなくて困っているくらいです）。でも日本の若い人たちの多くはしゃべるにせよ、読むにせよ、書くにせよ、今でもまだ生きた英語を使うことが苦手なようです。これはやはり大きな問題だと僕は考えます。このようないびつな教育システムをそのままに放置しておいて、一方で小学生のうちから英語を勉強させたって、そんなものはあまり役に立たないでしょう。教育産業を儲（もう）けさせるだけです。

英語（外国語）だけではありません。ほとんどすべての学科において、この国の教育システムは基本的に、個人の資質を柔軟に伸ばすことをあまり考慮していないんじゃないかと思えてなりません。いまだにマニュアル通りに知識を詰め込み、受験技術を教えることに汲々（きゅうきゅう）としているように見えます。そしてどこの大学に何人合格したというようなことに、教師も父兄も真剣に一喜一憂している。これはいささか情けないことですよね。

学校に通っている間、よく両親から、あるいは先生から「学校にいる間にとにかくしっかり勉強をしておきなさい。若いうちにもっと身を入れて学んでおけばよかったと、大人になってから必ず後悔するから」と忠告されましたが、僕は学校を出たあと、そんな風に思ったことはただの一度もありません。むしろ「学校にいる間にもっとのびのび好きなことをしておけばよかった。あんなつまらない暗記勉強をさせられて、人生を無駄にした」と後悔しているくらいです。まあ僕はいささか極端なケースかもしれませんが。

生まれつき自分の好きなこと、興味のあることについては、身を入れてとことん突き詰めていく性格です。中途半端（はんぱ）なところで「まあ、いいか」と止まってしまったりはしません。自分の納得のいくところまでやる。しかし興味が持てないことは、それほど身を入れてやらない。というか、身を入れようという気持ちにどうしてもなれないのです。そのへんの見切りのつけ方は昔からずいぶんはっきりしています。「これをやりなさい」とよそから（とくに上から）命じられたことに関しては、どうしてもおざなりにしかできないのです。

　スポーツにしてもそうです。僕は小学校から大学まで、体育の授業がいやでいやでしょうがありませんでした。体操着に着替えさせられて、グラウンドに連れて行かれて、やりたくもない運動をさせられるのが苦痛でたまらなかった。だからずっと長いあいだ自分は運動が不得意なんだと思っていました。でも社会に出て、自分の意思でスポーツを始めてみると、これがやたら面白いんです。「運動するのってこんなに楽しいものだったのか」と目から鱗がぼろぼろと落ちたような気持ちがしました。じゃあ、これまで学校でやらされてきたあの運動はいったい何だったんだろう？　そう思うと茫然としてしまいました。もちろん人それぞれですし、簡単に一般化はできないでしょうが、極端に言えば、学校の体育の授業というのは、人をスポーツ嫌いにさせるために存在しているのではないのか、そういう気さえしました。

　もし人間を「犬的人格」と「猫的人格」に分類するなら、僕はほぼ完全に猫的人格になると思います。「右を向け」と言われたら、つい左を向いてしまう傾向があります。そういうことをしていて、ときどき「悪いな」とは思うんだけど、それが良くも悪くも僕のネイチャーになっています。そして世の中にはいろんなネイチャーがあっていいはずです。でも僕が経験してきた日本の教育システムは、僕の目には、共同体の役に立つ「犬的人格」をつくることを、ときにはそれを超えて、団体丸ごと目的地まで導かれる「羊的人格」をつくることを目的としているようにさえ見えました。

　またその傾向は教育のみならず、会社や官僚組織を中心とした日本の社会システムそのものにまで及んでいるように思えます。そしてそれは――その「数値重視」の硬直性と、「機械暗記」的な即効性・功利性志向は――様々な分野で深刻な弊害を生み出しているようです。ある時期にはそういう「功利的」システムはたしかにうまく機能してきました。社会全体の目的や目標がおおむね自明であった「行け行け」の時代には、そういうやり方が適していたかもしれません。しかし戦後の復興が終わり、高度経済成長が過去のものとなり、バブル経済が見事に破綻してしまったあと、そういう「みんなで船団を組んで、目的地に向かってただまっすぐ進んでいこうぜ」的な社会システムは、その役割を既に終えてしまっています。なぜなら僕らのこれからの行き先はもう、単一の視野では捉えきれないものになってしまっているからです。

　もちろん世の中が僕みたいな身勝手な性格の人間ばかりだったら、それはそれでちょっと困ったことになるでしょう。しかしさきほどの喩えで言えば、大きなやかんと小さなやかんは、台所の中で上手に併用されなくてはなりません。用途に応じて目的に応じて、それらをうまく使い分けていくのが人間の知恵というものです。あるいはコモンセンスというものです。いろんなタイプの、いろんな時間性の思考方法や世界観がうまく組み合わされ、それで初めて社会が円滑に、良い意味で効率よく動いていくのです。簡単に言えば「システムの洗練化」ということになるのかもしれません。

どんな社会においてももちろんコンセンサスというものは必要です。それなくしては社会は立ちゆきません。しかしそれと同時に、コンセンサスからいくらか外れたところにいる比較的少数派の「例外」もそれなりに尊重されなくてはなりません。あるいはきちんと視野に収められていなくてはなりません。成熟した社会にあっては、そのバランスが重要な要素になってきます。そのバランスの取り方によって、社会に奥行きと深みと内省が生まれます。でも見たところ現在の日本では、そういう方向に向けての舵がまだ十分うまく切られていないようです。

たとえば二〇一一年三月の、福島の原子力発電所事故ですが、その報道を追っていると、「これは根本的には、日本の社会システムそのものによってもたらされた必然的災害（人災）なんじゃないか」という暗澹とした思いにとらわれることになります。

おそらくみなさんもおおむね同じような思いを抱いておられるのではないでしょうか。

　原子力発電所事故のために、数万の人々が住み慣れた故郷を追われ、そこに帰るめどさえ立たないという立場に追い込まれています。本当に胸の痛むことです。そのような状況をもたらしたものは、直接的に見れば、通常の想定を超えた自然災害であり、いくつか重なった不運な偶然です。しかしそれがこのような致命的な悲劇の段階にまで押し進められたのは、僕が思うに現行システムの抱える構造的な欠陥のためであり、それが生み出したひずみのためです。システム内における責任の不在であり、判断能力の欠落です。他人の痛みを「想定」することのない、想像力を失った悪しき効率性です。

「経済効率が良い」というだけで、ほとんどその一点だけで、原子力発電が国策として有無を言わせず押し進められ、そこに潜在するリスクが（あるいは実際にいろんなかたちでちょくちょくと現実化してきたリスクが）意図的に人目から隠蔽されてきた。要するにそのつけが今回我々にまわってきたわけです。そのような社会システムの根幹にまで染み込んだ「行け行け」的な体質に光を当て、問題点を明らかにし、根本から修正していかない限り、同じような悲劇がまたどこかで引き起こされるのではないでしょうか。

原子力発電は資源を持たない日本にとってどうしても必要なんだという意見には、それなりに一理あるかもしれません。僕は原則として原子力発電には反対の立場をとっていますが、もし信頼できる管理者によって注意深く管理され、しかるべき第三者機関によって運営が厳しく監視され、すべての情報が正確にパブリックに開示されていれば、そこにはある程度の話し合いの余地があるかもしれません。しかし原子力発電のような致命的な被害をもたらす可能性を持つ設備が、ひとつの国を滅ぼすかもしれない危険性をはらんだシステムが（実際にチェルノブイリ事故はソビエト連邦を崩壊させる一因となりました）、「数値重視」「効率優先」的な体質を持つ営利企業によって運営されるとき、そして人間性に対するシンパシーを欠いた「機械暗記」「上意下達」的な官僚組織がそれを「指導」「監視」するとき、そこには身の毛もよだつようなリスクが生まれます。それは国土を汚し、自然をねじ曲げ、国民の身体（からだ）を損ない、国家の信用を失墜させ、多くの人々から固有の生活環境を奪ってしまう結果をもたらすかもしれません。というか、それがまさに実際に福島で起こったことなのです。

話がいささか広がってしまいましたが、僕が言いたいのは、日本の教育システムの矛盾は、そのまま社会システムの矛盾に結びついているのだということです。あるいはむしろその逆かもしれませんが。いずれにせよそのような矛盾をこのまま放置しておくような余裕はもはやないというところまで来てしまいました。

とにかく、また学校のことに話を戻します。

僕が学校時代を送った一九五〇年代後半から六〇年代にかけては、いじめや登校拒否は、まだそれほど深刻な問題にはなっていませんでした。もちろん学校や教育システムに問題がなかったというのではないのですが（問題はけっこうあったと思います）、少なくとも僕自身に関していえば、自分のまわりにいじめや登校拒否の例を目にすることはほとんどありませんでした。いくつかあるにはあったけれど、それほど深刻なものではありませんでした。

戦後まだ間もない時代で、国全体がまだ比較的貧しく、「復興」「発展」というはっきりとした目標を持って動いていたせいがあるのだろうと僕は考えます。問題や矛盾を含んでいるにせよ、そこには基本的にポジティブな空気がありました。子供たちの間にもおそらく、そういうまわりの「方向性」のようなものは、目に見えず作用していたのでしょう。子供たちの世界にあっても、ネガティブな精神モーメントが大きな力を持つことは、日常的にはあまりなかったように思います。というか、「このままがんばっていれば、まわりの問題や矛盾はそのうちにだんだん消えていくのではないか」という楽観的な思いが基本にありました。だから僕も学校がそれほど好きではなかったけれど、まあ「行くのが当たり前」のこととして、とくに疑問も抱かず、わりに真面目(まじめ)に学校に通っていました。

でも今では、新聞や雑誌やテレビの報道にそのような話題が出てこない日が珍しいというくらい、いじめや登校拒否は大きな社会問題になっています。いじめを受けた少なくない数の子供たちが、自らの命を絶っています。これは本当に悲劇という以外に言いようがありません。いろんな人がそのような問題についていろんな意見を述べ、社会的にいろんな対策がとられていますが、その傾向が収まる気配はいっこうに見えません。

なにも生徒同士のいじめだけではありません。教師の側にもかなり問題がありそうです。けっこう前の話になりますが、神戸の学校で始業ベルとともに正門の重い扉を先生が閉めて、女生徒がそこに挟まれて亡(な)くなってしまったという事件がありました。「最近は生徒の遅刻があまりに多く、そうせざるを得なかった」というのが、その教師の弁明でした。遅刻するのはもちろんあまり褒められたことではありません。しかし学校に数分遅刻することと、一人の人間の命とどちらが重い価値を持つか、そんなのは考えるまでもないことです。

この先生の中では「遅刻を許さない」という狭い目的意識が頭の中で異様に特化して膨らんで、世界をバランス良く見る視野が失われています。バランスの感覚というのは教育者にとってとても大切な資質であるはずなのですが。新聞には「でもあの先生は教育熱心な良い先生だったから」という父兄のコメントも載っていました。しかしそういうことを口にする——口にできる——方にもかなり問題がありそうです。殺された側の、押しつぶされた痛みはいったいどこにやられてしまったのでしょう？

比喩（ひゆ）的に生徒を圧殺してしまう学校というものは想像できるのですが、肉体的に実際に生徒を圧死させてしまう学校となると、これは僕の想像を遥かに超えています。

そのような教育現場の病的症状（と言っていいと思います）は、言うまでもなく、社会システムの病的症状の投影にほかなりません。社会全体に自然な勢いがあり、目標がしっかり定まっていれば、教育システムに多少の問題があったとしても、それはなんとか「場の力」でもってうまく乗り越えられます。しかし社会の勢いが失われ、閉塞（へいそく）感のようなものがあちこちに生まれてきたとき、それが最も顕著に現れ、最も強い作用を及ぼすのは教育の場です。学校であり、教室です。なぜなら子供たちは、坑道のカナリアと同じで、そういう濁った空気をいちばん最初に、最も敏感に感じ取る存在であるからです。

さっきも申し上げましたように、僕が子供だった頃は、社会そのものに「伸びしろ」がありました。だから個人と制度のせめぎ合いみたいな問題も、そのスペースに吸収されていって、それほど大きな社会問題にはならなかった。社会全体が動いていたから、そのモーメントがいろんな矛盾やフラストレーションを呑み込んでいきました。別の言い方をすれば、困ったときに逃げ込むことのできる余地や隙間みたいなものが、あちこちにあったわけです。しかし高度成長時代も終わり、バブルの時代も終わった今となっては、そういう避難スペースを見つけることがむずかしくなっています。大きな流れにまかせておけばなんとかなる、というようなおおまかな解決方法はもはや成立しません。

そういう「逃げ場の不足した」社会がもたらす教育現場の深刻な問題に対して、我々はなんとか新たな解決方法を見つけていく必要があります。というか、順番から言いますと、その新たな解決方法を見つけることのできそうな場所を、まずどこかにこしらえていく必要があります。

それはどのような場所か？

個人とシステムとがお互いに自由に動き、穏やかにネゴシエートしながら、それぞれにとって最も有効な接面を見出していくことのできる場所です。言い換えれば、一人ひとりがそこで自由に手足を伸ばし、ゆっくり呼吸できるスペースです。制度、ヒエラルキー、効率、いじめ、そんなものから離れられる場所です。簡単に言えば、温かな一時的避難場所です。誰でもそこに自由に入っていけるし、そこから自由に出て行くことができます。それは言うなれば「個」と「共同体」との緩やかな中間地域に属する場所です。そのどのあたりにポジションをとるかは、一人ひとりの裁量にまかされています。とりあえずそれを僕は「個の回復スペース」と呼びたいと思います。

最初は小さなスペースでいいんです。何も大がかりなものでなくていい。手作りみたいな狭い場所で、とにかくいろんな可能性を実際に試してみて、もし何かがうまくいくようであれば、それをひとつのモデル＝たたき台として、より発展させていけばいい。そのスペースをだんだん広げていけばいい。僕はそう考えます。時間はある程度かかるかもしれませんが、それがいちばん正しい、筋の通ったやり方ではないかと思います。そういう場所がいろんなところに、自然発生的に生まれていけばいいなと思うのです。

最悪のケースは、文科省みたいなところが上からひとつの制度として、そういうものを現場に押しつけることです。僕らはここで「個の回復」を問題としているわけですから、それを国家が制度的に解決しようとしたりすれば、まさに本末転倒というか、一種の笑劇（ファルス）になりかねません。

僕個人の話をしますが、今から振り返って考えてみると、学校に通っていた頃の僕にとってのいちばん大きな救いは、そこで何人かの親しい友人を作れたことと、たくさんの本を読んだことだったと思います。

本について言えば僕は、なにしろ実にいろんな種類の書物を、燃えさかる窯（かま）にスコップで放り込むみたいに、片端から貪（むさぼ）り読んでいきました。それらの書物を一冊一冊味わい、消化していくだけで日々忙しく（消化しきれないことも多かったですが）、それ以外のものごとについて考えを巡らせているような余裕もほとんどないような状態でした。僕にとってはそれがかえって良かったのかもしれないなと思うこともあります。自分のまわりの状況を見回し、そこにある不自然さや矛盾や欺瞞（ぎまん）について真剣に考え、納得いかないことを正面から追及していったとしたら、あるいは袋小路みたいなところに追い込まれ、きつい思いをしていたかもしれません。

それとともに、いろんな種類の本を読み漁（あさ）ったことによって、視野がある程度ナチュラルに「相対化」されていったことも、十代の僕にとって大きな意味あいを持っていたと思います。本の中に描かれた様々な感情をほとんど自分のものとして体験し、イマジネーションの中で時間や空間を自由に行き来し、様々な不思議な風景を目にし、様々な言葉を自分の身体に通過させたことによって、僕の視点は多かれ少なかれ複合的になっていったということです。つまり今自分が立っている地点から世界を眺めるというだけではなく、少し離れたよその地点から、世界を眺めている自分自身の姿をも、それなりに客観的に眺めることができるようになったわけです。

ものごとを自分の観点からばかり眺めていると、どうしても世界がぐつぐつと煮詰まってきます。身体がこわばり、フットワークが重くなり、うまく身動きがとれなくなってきます。でもいくつかの視点から自分の立ち位置を眺めることができるようになると、言い換えれば、自分という存在を何か別の体系に託せるようになると、世界はより立体性と柔軟性を帯びてきます。これは人がこの世界を生きていく上で、とても大事な意味を持つ姿勢であるはずだと、僕は考えています。読書を通してそれを学びとれたことは、僕にとって大きな収穫でした。

もし本というものがなかったら、もしそれほどたくさんの本を読まなかったなら、僕の人生はおそらく今あるものよりもっと寒々しく、ぎすぎすしたものになっていたはずです。つまり僕にとっては読書という行為が、そのままひとつの大きな学校だったのです。それは僕のために建てられ、運営されているカスタムメイドの学校であり、僕はそこで多くの大切なことを身をもって学んでいきました。そこにはしちめんどくさい規則もなく、数字による評価もなく、激しい順位争いもありませんでした。もちろんいじめみたいなものもありません。僕は大きな「制度」の中に含まれていながら、そういう別の自分自身の「制度」をうまく確保することができたわけです。

僕がイメージしている「個の回復スペース」というのは、まさにそれに近いものです。何も読書だけに限りません。現実の学校制度にうまく馴染めない子供たちであっても、教室の勉強にそれほど興味が持てない子供たちであっても、もしそのようなカスタムメイドの「個の回復スペース」を手に入れることができたなら、そしてそこで自分に向いたもの、自分の背丈に合ったものを見つけ、その可能性を自分のペースで伸ばしていくことができたなら、うまく自然に「制度の壁」を克服していけるのではないかと思います。しかしそのためには、そのような心のあり方＝「個としての生き方」を理解し、評価する共同体の、あるいは家庭の後押しが必要になってきます。

うちの両親はどちらも国語の先生だったから（母親は結婚したときに仕事をやめましたが）、僕が本を読むことについては、終始ほとんど一言も文句を言いませんでした。僕の学業成績に対して少なからず不満は持っていても、「本なんか読まないで試験勉強をしなさい」とは言われなかった。あるいは少しは言われたかもしれないけど、記憶には残っていません。まあその程度にしか言われなかったのでしょう。それはやはり僕が両親に対して、感謝しなくてはならないことのひとつであるように思います。

もう一度繰り返しますが、僕は学校という「制度」があまり好きになれませんでした。何人かの優れた教師に巡り合うことができて、いくつかの大事なことは学べましたが、それを相殺して余りあるくらい、ほとんどの授業や講義は退屈でした。学校生活を終えた時点で、「人生でもうこれ以上の退屈さは必要ないんじゃないか」と思えるくらい退屈でした（いくらそう思ったところで、僕らの人生において、退屈さは次から次へと、容赦なく空から舞い降り、地から湧き出てくるわけですが）。

でもまあ、学校が好きでしょうがなかった、学校に行けなくなってとても淋しいというような人は、あまり小説家にはならないのかもしれません。というのは、小説家は頭の中で自分だけの世界をどんどんこしらえていく人間だからです。僕なんかも授業中は、授業なんかろくに聞かないで、ありとあらゆる空想に耽っていたような気がします。もし僕が今現在子供だったら、学校にうまく同化できず、登校拒否児童になっていたかもしれません。僕の少年時代には幸か不幸か、登校拒否みたいなことがまだトレンドにはなっていなかったので、「学校にいかない」なんていう選択肢そのものがなかなか頭に浮かばなかったみたいです。

どんな時代にあっても、どんな世の中にあっても、想像力というものは大事な意味を持ちます。

想像力の対極にあるもののひとつが「効率」です。数万人に及ぶ福島の人々を故郷の地から追い立てたのも、元を正せばその「効率」です。「原子力発電は効率の良いエネルギーであり、故に善である」という発想が、その発想から結果的にでっちあげられた「安全神話」という虚構が、このような悲劇的な状況を、回復のきかない惨事を、この国にもたらしたのです。それはまさに我々の想像力の敗北であった、と言っていいかもしれません。今からでも遅くはありません。我々はそのような「効率」という、短絡した危険な価値観に対抗できる、自由な思考と発想の軸を、個人の中に打ち立てなくてはなりません。そしてその軸を、共同体＝コミュニティーへと伸ばしていかなくてはなりません。

とはいっても、僕が学校教育に望むのは「子供たちの想像力を豊かにしよう」というようなことではありません。そこまでは望みません。子供たちの想像力を豊かにするのは、なんといっても子供たち自身だからです。先生でもないし、教育設備でもありません。ましてや国や自治体の教育方針なんかではない。子供たちみんなが、みんな、豊かな想像力を持ち合わせているわけではありません。駆けっこの得意な子供がいて、一方で駆けっこのあまり得意ではない子供がいるのと同じことです。想像力の豊かな子供たちがいて、その一方で想像力のあまり豊かとは言えない——でもおそらく他の方面に優れた才能を発揮する——子供たちがいます。当然のことです。それが社会です。「子供たちの想像力を豊かにしよう」なんていうのがひとつの決まった「目標」になると、それはそれでまた変なことになってしまいそうです。

僕が学校に望むのは、「想像力を持っている子供たちの想像力を圧殺してくれるな」という、ただそれだけです。それで十分です。ひとつひとつの個性に生き残れる場所を与えてもらいたい。そうすれば学校はもっと充実した自由な場所になっていくはずです。そして同時に、それと並行して、社会そのものも、もっと充実した自由な場所になっていくはずです。

僕は一人の小説家としてそう考えます。まあ、僕が考えて、それでどうなるというものでもないのでしょうが。

第九回　どんな人物を登場させようか?

よく「小説の登場人物に、実在する人をモデルとして使いますか」という質問をされます。答えはおおむね「ノー」でありますが、部分的には「イエス」です。僕はこれまでけっこうたくさん小説を書いてきましたが、最初から意図して「このキャラクターは現実のこの人を念頭に置いて書いた」ということは二、三度しかありません。「これはこの人がモデルでしょう」と誰かに見透かされたりしたら――とくにその誰かが本人である場合には――いやだなといくぶん心配しながら書いたのですが（どれもちょっとした脇役でした）、幸いにしてそういう指摘を受けたことはまだ一度もありません。その人物をいちおうモデルに据えてはいるものの、それなりに用心深くみっちり作り替えて書いているので、まわりの人にはたぶんわからないのだと思います。おそらくは本人にも。

それよりはむしろ、僕が誰のことも念頭に置かずに、頭の中で勝手にこしらえた架空のキャラクターについて、「この人がモデルなんでしょう」みたいに決めつけられることの方がずっと多いです。場合によっては「このキャラクターは自分がモデルになっている」と堂々と主張する人まで出てきます。サマセット・モームはある小説の中で、まったく面識のない、名前を聞いたことさえない人から「自分が小説のモデルにされた」と訴訟をおこされて困惑した話を書いています。モームは小説の中で、一人一人のキャラクターをありありとリアルに、ある場合にはかなり意地悪く（よくいえば風刺的に）描くので、そういうリアクションも強いものになってくるのでしょう。彼の書くそのような巧妙な人物描写を読んでいて、あたかも自分が個人的に批判されたり、からかわれたりしているように感じる人が出てくるのかもしれません。

多くの場合、僕の小説に登場するキャラクターは、話の流れの中で自然に形成されていきます。「こういうキャラクターを出そう」と前もって決めることは、僅かな例外を別にすれば、まずありません。書き進めていくうちに、出てくる人々のあり様の軸みたいなものが自然に立ち上がり、そこにいろんなディテールが次々に勝手にくっついていきます。磁石が鉄片をくっつけていくみたいに。そのようにして全体的な人間像ができあがっていきます。あとになって思うと、「ああ、このディテールはあの人のこういう部分にちょっと似ているかもしれない」みたいなことはしばしばあります。でも最初から「よし、今回はあの人のこの部分を使ってやろう」と決めてキャラクターを作っていくことはまずありません。多くの作業はむしろ自動的におこなわれます。つまり僕はそのキャラクターを立ち上げるにあたって、脳内キャビネットからほとんど無意識的に情報の断片を引き出し、それを組み合わせている、ということになるのではないかと思います。

そういう自動的な作用を、僕はきわめて個人的に「オートマこびと」と名付けています。僕はだいたいずっとマニュアル・ギアの車に乗っているのですが、初めてオートマティック・ギアの車を運転したとき、「このギアボックスの中にはきっとこびとが何人か住んでいて、そいつらが手分けしてギアの操作をしているに違いない」と感じました。そしていつかそんなこびとたちが「ああ、他人のためにこんなにあくせく働くのにもう疲れた。今日はちょっと休むぜ」みたいなストライキを起こして、車が高速道路の上で急に動かなくなったりするんじゃないかと、うっすらとした恐怖さえ覚えました。

僕がそういうことを言うとみんな笑うんですが、でもまあとにかく「キャラクター立ち上げ」みたいな作業に関しては、僕の中に生息している無意識下の「オートマこびと」たちが、今のところ（ぶつぶつ文句を言いつつも）なんとかあくせくと働いてくれるようです。僕としてはそれをせっせと文章に書き写しているだけです。もちろんそうやって書かれたものがそのまま作品に組み込まれるということではなく、それは後日何度も書き直され、かたちを変えていきます。そういう書き直し作業は自動的というよりはもっと意識的に、ロジカルにおこなわれます。しかし原型の立ち上げに関して言えば、それはかなり無意識的で、直観的な作業になります。というか、ならざるを得ません。そうしないと、どこかしら不自然な、生きていない人間像ができてしまったりします。ですからそういう初期プロセスは、「オートマこびとにおまかせ」みたいなことになるわけです。

小説を書くには何はともあれ多くの本を読まなくてはならない、というのと同じ意味合いにおいて、人を描くためには多くの人を知らなくてはならない、ということがやはり言えると思います。

知るといっても、相手を理解したり、よくわかったりするところまで行く必要はありません。その人の外見やら言動の特徴やらをちらっと目に留めておくだけでいいんです。ただ自分が好きな人も、それほど好きではない人も、はっきり言って苦手な人も、できるだけ選り好みせずに観察することが大事です。というのは自分の好きな人、自分が関心を持てる人、理解しやすい人ばかり登場させていたら、その小説は（長期的に見ればということですが）広がりを欠いたものになってしまうからです。いろんな異なったタイプの人々がいて、そういう人たちがいろんな異なった行動をとって、そのぶつかり合いによって状況に動きが出て、物語が前に進んでいきます。だから一目見て「こいつは気にくわないな」と思っても目を背けたりせず、「どのあたりが気に入らないか」「どういう風に気に入らないか」といった要点を頭に留めておくようにします。

僕はずっと昔——三十代の半ばくらいだったと思うのですが——ある人に「あなたの書く小説には悪い人が出てきませんね」と言われたことがあります（あとになって知ったことですが、カート・ヴォネガット・ジュニアも亡くなる前のお父さんにまったく同じことを言われたそうです）。そう言われて僕も「考えてみればたしかにそうかもしれないな」と思い、それ以来意識して、ネガティブなキャラクターを小説の中に登場させようと試みました。でもなかなか思うようにいきませんでした。当時の僕は、物語を大きく動かすというよりは、自分の私的な——どちらかといえば調和的な——世界を構築していくことの方に気持ちが向かっていたからです。荒々しい現実の世界に対抗するシェルターとして、まずそういう僕自身の安定した世界を確立しなくてはならなかった。

でも年齢を重ねるにつれて——（人間として作家として）成熟するにつれてと言ってしまってもいいかもしれませんが——徐々にではあるけれど、自分の書く物語にネガティブな、あるいは非調和的な傾向を持つキャラクターを配することができるようになってきました。どうしてそれができるようになったかというと、まず第一に自分の小説世界の形がいちおうできあがり、そこそこ機能するようになり、次の段階としてその世界をより広く深く、よりダイナミックなものにすることが重要な課題になってきたからです。そのためには、そこに登場する人々をよりバラエティー豊かなものにし、人々のとる行動の振幅をより大きいものにしていかなくてはなりません。そういう必要性を強く感じるようになってきたわけです。

それに加えて、僕自身が実生活でいろんな種類の体験をくぐり抜けた——くぐり抜けないわけにはいかなかった——ということもあります。三十歳でいちおう職業的小説家になり、存在がパブリックになったことで、好むと好まざるとにかかわらず、正面からかなり強く風圧を受けるようになりました。僕自身は決して進んで表に出ていく性格ではないのですが、心ならずも前に押し出されてしまう場合があります。やりたくないことも時としてやらなくてはならなかったし、親しくしていた人に裏切られてがっかりすることもありました。利用するために心にもない賞賛の言葉を並べる人もいれば、意味もなく――としか僕には思えないのですが――罵声（ばせい）を浴びせかけてくる人もいます。あることないことを言われたりもします。そのほかいろいろ普通では考えられないような奇妙な目にもあってきました。

僕はそんなネガティブな出来事に遭遇するたびに、そこに関わってくる人々の様子や言動を子細に観察することを心がけました。どうせ困った目にあわなくちゃならないのなら、そこから何か役に立ちそうなものを拾い上げていこうじゃないかと（「何はともあれ元は取らなくちゃ」ということですね）。そのときはもちろんそれなりに傷ついたり落ち込んだりしましたが、そういう体験は小説家である僕にとって少なからず滋養に満ちたものであったと、今では感じています。もちろん素敵なこと、楽しいことだってけっこうあったはずなんですが、今でもよく覚えているのはなぜか、どちらかといえばネガティブな体験の方です。思い出して楽しいことよりは、むしろあまり思い出したくないことの方をよく思い出します。結局のところ、そういうものごとからの方が、学ぶべきことは多かったということになるのかもしれませんね。

考えてみると僕の好きな小説には、興味深い脇役が数多く登場する小説が多いようです。そういう意味合いでまずぱっと頭に浮かぶのは、ドストエフスキーの『悪霊（あくりょう）』ですね。お読みになった方はわかると思うんですが、あの本にはなにしろ変てこな脇役がいっぱいでてきます。長い小説ですが、読んでいて飽きません。「なんでこんなやつが」と思うようなカラフルな人々、けったいなやつらが次々に姿を見せます。ドストエフスキーという人はきっとものすごく巨大な脳内キャビネットを持っていたのでしょう。

日本の小説でいえば、夏目漱石の小説に出てくる人々も実に多彩で、魅力的です。ほんのちょっとしか顔を出さないキャラクターでも、生き生きとして、独特の存在感があります。そういう人たちの発する一言や、表情や動作が不思議に心に残ってしまったりします。漱石の小説を読んでいていつも感心するのは「ここでこういう人物が出てくることが必要だから、いちおう出しておきます」みたいな間に合わせの登場人物がほとんど一人も出てこないことです。しっかりと体感のある小説です。言うなれば、文章のひとつひとつに身銭が切られています。そういう小説って、読んでいていちいち信用できてしまうところがあります。安心して読めます。

小説を書いていて、いちばん楽しいと僕が感じることのひとつは、「なろうと思えば、自分は誰にでもなれるんだ」ということです。

僕はもともと一人称「僕」で小説を書き始め、そういう書き方を二十年くらい続けました。短編なんかではときどき三人称を使いましたが、長編に関していえばずっと一人称「僕」でとおしてきました。もちろん僕＝村上春樹ではなく（レイモンド・チャンドラー＝フィリップ・マーロウではないのと同じように）、それぞれの小説によって「僕」の人物像は変わってくるわけですが、それでも一人称で書き続けていると、現実の僕と、小説の主人公の「僕」の境界線が時として──書き手にとっても、また読み手にとっても──ある程度不明瞭（ふめいりょう）になるのはやむを得ないことです。

最初のうちはそれでも問題はなかったのだけど、というか僕自身、架空の「僕」を梃子（てこ）の支点にして小説世界を立ち上げ、広げていくことをひとつの目的としていたのですが、そのうちにだんだんそれだけでは間に合わないと感じるようになってきました。とくに小説が長く大きくなるにつれて、「僕」という人称だけではいくぶん狭苦しく、息苦しく感じるようになってきました。『世界の終りとハードボイルド・ワンダーランド』では、「僕」と「私」という二種類の一人称を章ごとに使い分けていますが、それも一人称の機能の限界を打開しようという試みのひとつだと思います。

一人称だけを用いて書いた長編小説は、『ねじまき鳥クロニクル』（一九九四・九五）が最後のものになります。しかしこれだけ長くなると、「僕」の視点で語られる話だけではおっつかなくて、あちこちに様々な小説的工夫が持ち込まれています。他の人の語りを入れるとか、長い書簡をもってくるとか……とにかくありとあらゆる話法のテクニックを導入して、一人称の構造的制限を突き破ろうとしています。しかしさすがに「これがもう限界だな」と感じるところがあり、その次の『海辺のカフカ』(二〇〇二)では半分だけを三人称の語りに切り替えています。カフカ少年の章はこれまでどおり「僕」が語り手になって話が進みますが、それ以外の章は三人称で語られています。折衷的と言えばそのとおりなんですが、たとえ半分であるにせよ三人称というヴォイスを導入することによって、小説世界の幅を広げることができた――と僕は思っています。少なくとも僕自身はこの小説を書きながら、『ねじまき鳥クロニクル』のときよりは、手法的なレベルで自分がずっと自由になっていると感じました。

そのあとに書いた短編小説集『東京奇譚集』、中編小説『アフターダーク』はどちらも、基本的には三人称小説になっています。僕はそこで、つまり短編小説と中編小説というフォーマットで、自分に三人称がしっかり使えることを確かめているみたいです。買ったばかりのスポーツカーを山道に持っていって試し乗りし、いろんな機能のフィールを確かめるみたいに。そういう流れを順番に追ってみると、僕が一人称に別離を告げ、三人称だけを使って小説が書けるようになるまでに、デビュー以来ほぼ二十年を要していることになります。ずいぶん長い歳月ですね。
人称の切り替えにどうしてそれほど長い時間が必要だったのか？ その正確な理由は自分でもよくわかりません。ただ何はともあれ、「僕」という一人称を使って小説を書く作業に、僕の身体と精神がすっかり馴れてしまっていたということなのでしょう。だからその転換に時間がかかったのだと思います。それは僕にとってはただの人称の変化というより、大げさに言えば視座の根本的な変更に近いことだったのかもしれません。

僕は何ごとによらず、ものごとの進め方を切り替えるのに時間がかかる性格みたいです。たとえば、登場人物に名前を与えることが長いあいだできませんでした。「鼠」とか「ジェイ」とか、そういう呼び名みたいなものはまあオーケーだったんですが、きちんとした姓名がどうしてもつけられませんでした。どうしてか？ そう質問されても自分でもよくわかりません。「ただ人に名前をつけるのが、どうにも恥ずかしかったから」としか言えません。うまく言えないんだけど、僕みたいな者が勝手に人に（たとえそれが自分でこしらえた架空の人物であれ）名前を賦与するなんて、「なんか嘘っぽい」という気がしたんです。最初のうちは小説を書くという行為自体が、僕にとって何かしら恥ずかしかったということもあるかもしれません。小説を書いていると、まるで自分の心を裸で人前に放り出しているみたいで、ずいぶん恥ずかしかったのです。

主要人物になんとか姓名がつけられるようになったのは、作品で言えば『ノルウェイの森』（一九八七）からですね。つまりそれまでの最初の八年くらいは、基本的に名前を持たない登場人物を用いて、一人称で小説を書いてきたわけです。考えてみれば、ずいぶん不自由なこと、まわりくどい制度を自らに押しつけて小説を書いてきたわけですが、そのときはそれほど気にならなかった。まあこういうもんだろう、と思ってやっていました。

でも小説が長く複雑になるにつれて、そこに登場する人々が名前を持たないことに、僕もさすがに不自由を感じるようになりました。登場人物の数が増えれば、そして彼らが名前を持たなければ、当然そこに具体的な混乱が生じてきます。だからあきらめて腹をくくり、『ノルウェイの森』を書くときに「名前付け」を断行しました。簡単ではありませんでしたが、目をつぶって「えいやっ」とやってしまうと、その後は登場人物に名前をつけるのは、さして難行ではなくなりました。今ではとくに苦労もなく、さらさらと適当な名前をつけています。『色彩を持たない多崎つくると、彼の巡礼の年』のように、主人公の名前がタイトルになる本まで書くようになりました。『1Q84』も女主人公に「青豆」という名前がついた時点で、話は勢いを得て前に進み出しました。そういう意味では名前というのは、小説にとってとても重要な要素になります。

このように僕は、新しい小説を書くたびに、「よし、今回はこういうことに挑戦してみよう」という具体的な目標——その多くは技術的な、目で見える目標です——をひとつかふたつ設定するようにしています。僕はそういう書き方をするのが好きなのです。新しい課題をクリアし、今までできなかったことができるようになることで、自分が少しずつでも作家として成長しているという具体的な実感が得られます。一段梯子を登っていくみたいに。小説家の素晴らしいところは、たとえ五十歳になっても、六十歳になっても、そういう発展・革新が可能であるということです。年齢的な制限というのがあまりありません。スポーツ選手なんかだとなかなかそうはいかないでしょう。

小説が三人称になり、登場人物の数が増え、彼らがそれぞれに名前を得たことによって、物語の可能性が膨らんでいきました。つまりいろんな種類の、いろんな色合いの、いろんな意見や世界観を持った人物を登場させられるし、そういう人たちの多種多様な絡み具合を描いていけるようになりました。そして何より素晴らしいのは、自分が「ほとんど誰にでもなれる」ということでした。一人称で書いていたときにも、その「ほとんど誰にでもなれる」という感覚はあったのですが、三人称になるとその選択肢が更にぐっと広がります。

一人称小説を書くとき、その多くの場合、僕は主人公の（あるいは語り手の）「僕」を〈広義の可能性としての自分〉として大まかに捉えているのだと思います。それは〈実際の僕〉ではないけれど、場所や時間を変えられていたら、ひょっとしてこうなっていたかもしれない自分の姿であるわけです。そのような形で枝分かれさせていくことで、僕は自己を分割していた、ということになるかもしれません。そして自己を分割し、物語性の中に放り込むことで、自分という人間を検証し、自分と他者との——あるいは世界との——接面を確かめていたわけです。最初の頃の僕にはそういう書き方が合っていました。そして僕が愛好する小説の多くも、一人称で書かれていました。

たとえばフィッツジェラルドの『グレート・ギャツビー』も一人称の小説です。小説の主人公はジェイ・ギャツビーですが、語り手はあくまでニック・キャラウェイという青年です。私（ニック）とギャツビーの接面の微妙な、しかしドラマチックな移動を通して、フィッツジェラルドは自己の有り様を語っています。そういう視点が物語に深みを与えています。

しかし物語がニックの視点で語られることは、小説が現実的な制約を受けることをも意味します。ニックの目が届かないところで何かが起こっても、それを物語に反映することがむずかしいからです。フィッツジェラルドはいろんな手法を用いて、小説的テクニックを総動員して、その制約を巧妙にクリアしていきます。それはそれでもちろんとても面白いんですが、そういう技術的工夫にもおのずと限界はあります。事実、その後フィッツジェラルドは『グレート・ギャツビー』のような構成の長編小説は書いていません。

サリンジャーの『キャッチャー・イン・ザ・ライ』もとても巧妙に書かれた、優れた一人称小説ですが、彼もその後、同じような書き方をした長編小説は発表していません。たぶんその構成上の制約のために、小説の書き方が「同工異曲」になることを恐れたためではないかと僕は推測します。そしてたぶん彼らのそのような判断は正しかったはずです。

たとえばレイモンド・チャンドラーのマーロウもののような「シリーズ小説」であ

ると、そういう制約のもたらす「狭さ」が逆に有効な親密なルーティーンになって、うまく機能を発揮するわけですが（僕の場合、初期の「鼠」ものにはそういうところが少しくらいあるかもしれません）、単発ものの場合、一人称の持つ制約の壁は、書き手にとってだんだん息苦しいものになっていくことが多いようです。だからこそ僕も一人称小説という形式に対して、いろんな方向から揺さぶりをかけ、新しい領域を切り拓こうと努めてきたわけですが、『ねじまき鳥クロニクル』に至って「これがそろそろ限界だ」と痛感しました。

『海辺のカフカ』で半分に三人称を導入して、いちばんほっとしたのは、主人公のカフカくんの物語と並行して、中田さん（不思議な老人）と星野さん（いささか粗暴なトラック運転手）の物語を進めて行けたことです。つまり僕は、自己を分割するのと同時に、自己を他者に投影できるようにもなったわけです。より正確に言うなら、分割した自己を他者に託することができるようになったということです。そうすることによって、コンビネーションの可能性が大きく広がりました。また物語も複合的に枝分かれし、いろんな方向に広がっていけるようになりました。

だったらもっと前に三人称に切り替えておけばよかったじゃないか、そうすればもっと進歩も早かっただろうに、と言われそうですが、実際にはなかなかそう簡単にいきません。性格的に融通があまりきかないということもありますが、小説的視座を切り替えるとなると、小説の構造そのものに大きく手を入れることになりますし、その変革を支えるための確かな小説的技術と基礎体力が必要になります。だからこそ少しずつ様子を見ながら、段階的にしかそれができなかったということもあるでしょう。身体で言えば、運動目的にあわせて骨格と筋肉を少しずつ改造していかなくてはならなかったということです。肉体改造——それには手間と時間がかかります。

ともあれ二〇〇〇年代に入ってから、僕は三人称という新しいヴィークルを得たことで、小説の新たな領域に足を踏み入れることができるようになりました。そこには大きな開放感がありました。ふとまわりを見回してみたら壁がなくなっていた、みたいな感じです。

言うまでもないことですが、キャラクターというのは、小説にとってきわめて重要な要素です。小説家は現実味があって、しかも興味深く、言動にある程度予測不可能なところのある人物をその作品の中心に——あるいは中心の近くに——据えなくてはなりません。わかったような人々が、わかったようなことばかり言ったり、わかったようなことばかりやっている小説は、あまり多くの読者の手に取ってもらえないのではないでしょうか。もちろん「そういう、あたりまえのことをあたりまえに書いた小説が優れているんだよ」とおっしゃる方も中にはおられるでしょうが、僕としては（あくまで個人的な好みとしてですが）、そういう話にもうひとつ興味が持てません。

　でも「リアルで、興味深く、ある程度予測不可能」という以上に、小説のキャラクターにとって重要だと僕が考えるのは、「その人物がどれくらい話を前に導いてくれるか」ということです。その登場人物をこしらえたのはもちろん作者ですが、本当の意味で生きた登場人物は、ある時点から作者の手を離れ、自立的に行動し始めます。これは僕だけではなく、多くのフィクション作家が進んで認めていることです。実際そういう現象が起きなければ、小説を書き続けるのはかなりぎすぎすした、つらく苦しい作業になってしまうはずです。小説がうまく軌道に乗ってくると、登場人物たちがひとりでに動きだし、ストーリーが勝手に進行し、その結果、小説家はただ目の前で進行していることをそのまま文章に書き写せばいいという、きわめて幸福な状況が現出します。そしてある場合には、そのキャラクターが小説家の手を取って、彼をあるいは彼女を、前もって予想もしなかったような意外な場所に導くことになります。

　具体例として、最近の僕の小説を引き合いに出させていただきます。僕の書いた長編小説『色彩を持たない多崎つくると、彼の巡礼の年』の中に、木元沙羅（きもとさら）というなかなか素敵な女性が登場します。実を言いますと、僕はもともと短編小説にするつもりでこの小説を書き出しました。原稿用紙にすればだいたい六十枚くらいのものになるだろうと予想して。

筋を簡単に説明しますと、主人公の多崎つくるは名古屋の出身で、高校時代にとても親しくしていた四人のクラスメートから「もうおまえとは会いたくない。口もききたくない」と言われます。その理由は説明されません。彼もあえて質問しません。彼は東京の大学に入って、東京の鉄道会社に就職し、今では三十六歳になっています。高校時代に友人たちから理由も告げられず絶交されたことは、心に深い傷を残しています。でも彼はそれを奥に隠し、現実的には穏やかな人生を送っています。仕事も順調だし、まわりの人々には好意を持たれているし、恋人も何人かつくりました。しかし誰かと深い精神的な関係を結ぶことができません。そして彼は二つ年上の沙羅と出会い、恋人の関係になります。

彼はふとしたきっかけで、高校時代に親しくしていた四人の親友から拒絶された体験を、沙羅に語ります。沙羅はしばらく考えてから、あなたはすぐに名古屋に帰って、十八年前にいったいそこで何があったのかを調べなくてはならないとつくるに言います。「（あなたは）自分が見たいものを見るのではなく、見なくてはならないものを見るのよ」と。

実を言うと僕は、沙羅がそう言うまで、多崎つくるがその四人に会いに行くことになるなんて、考えもしませんでした。僕としては、自分の存在が否定された理由もわからないまま、多崎つくるがその人生を静かに、ミステリアスに生きていかなくてはならないという、比較的短い話を書くつもりだったのです。でも沙羅がそう言ったことで（彼女がつくるに向かって口にしたことを僕はそのまま文章にしただけです）、僕は彼を名古屋に行かせないわけにはいかなかったし、果てはフィンランドにまで送り込むことになりました。そしてその四人がいかなる人々であるのか、それぞれのキャラクターを新たに立ち上げなくてはなりませんでした。彼らの辿（たど）ったそれぞれの人生を、具体的に描かなくてはなりませんでした。その結果として、当然のことながら、物語は長編小説という体裁をとることになりました。

つまり沙羅の口にした一言がほとんど一瞬にして、この小説の方向や性格や規模や構造を一変させてしまったのです。それは僕自身にとっても大きな驚きでした。考えてみれば彼女は、主人公である多崎つくるに向かってではなく、実は作者である僕に向かって語りかけていたのです。「あなたはここから先を書かなくてはいけない。あなたはそういう領域に足を踏み入れているし、それだけの力を既に身につけているんだから」と。つまり沙羅もまた、僕の分身の投影であったということになるかもしれません。彼女は僕の意識のひとつのアスペクトとして、僕が今ある地点で留まっていてはいけないということを、僕自身に教えていたわけです。「もっと先まで突っ込んで書きなさい」と。そういう意味ではこの『色彩を持たない多崎つくると、彼の巡礼の年』は、僕にとっては決して小さくない意味を持つ作品になっているかもしれません。形式的に言えばいわゆる「リアリズム小説」ですが、水面下ではいろんなものごとが複合的に、またメタフォリカルに進行している小説だと僕自身は考えています。

僕自身が意識している以上に、僕の小説の中のキャラクターたちは、作者である僕をせき立て、励まし、背中を押して前に進めてくれているのかもしれません。それは『1Q84』を書いているときに、青豆の言動を描きながらひしひしと感じたことでもありました。彼女は僕の中の何かを強引に押し広げて（くれて）いるみたいだな、と。でも振り返ってみれば、僕は男性のキャラクターよりは女性のキャラクターに導かれたり、駆り立てられたりする場合の方がむしろ多いみたいですね。自分でもどうしてかはわかりませんが。

僕が言いたいのは、ある意味においては、小説家は小説を創作しているのと同時に、小説によって自らをある部分、創作されているのだということです。

ときどき「どうして自分と同じ年代の人間を主人公にした小説を書かないんだ？」と質問されることがあります。たとえば僕は今六十代半ばですが、なぜその年代の人間の物語を書かないんだ。なぜそういう人間の生き方を語らないんだ？　それが作家としての自然な営みではないか、と。

でもうひとつよくわからないのですが、どうして作家が自分と同じ年代の人間のことを書かなくてはならないのでしょう？　どうしてそれが「自然な営み」なのでしょう？　前にも申し上げましたように、小説を書いていていちばん楽しいと僕が感じることのひとつは、「なろうと思えば、誰にでもなれる」ということです。なのに僕がなぜその素晴らしい権利を、自ら放棄しなくてはならないのでしょう？

『海辺のカフカ』を書いたとき、僕は五十歳を少し過ぎていましたが、主人公を十五歳の少年に設定しました。そして書いているあいだ、自分が十五歳の少年であるように感じていました。もちろんそれは現在、現役の十五歳の少年が感じているはずの「感じ」と同じものではないはずです。それはあくまで僕が十五歳であったときの感覚を、「現在」に架空に移し替えたものです。でも小説を書きながら、僕は自分が十五歳であったときに実際に吸った空気や、実際に目にした光を、ほとんどそのままありありと自分の中に再現することができました。自分のずっと奥底に長いあいだ隠されていた感覚を、文章の力によってうまく引きずり出すことができたのです。それはなんというか、本当に素晴らしい体験でした。そういうのはあるいは小説家にしか味わえない感覚かもしれません。

でもその「素晴らしさ」を僕一人が単に楽しんでいるだけでは、それは作品として成り立ちません。それを相対化させていかなくてはなりません。つまりその喜びみたいなものを、読者と共有するかたちに持って行かなくてはならないのです。そのために僕は中田さんという六十代の〈老人〉を登場させました。中田さんもある意味では僕の分身です。僕の投影です。彼の中にはそういう要素があります。そしてカフカくんと中田さんが並立し、呼応し合うことによって、小説は健全な均衡を獲得しています。少なくとも作者である僕はそのように感じましたし、今でも同じように感じています。

いつか僕は自分と同じ年代の主人公が登場する小説を書くかもしれません。しかしそれが今の時点で「どうしても必要なこと」であるとは思えないのです。僕の場合、まず小説のアイデアがぽっと生まれます。そしてそのアイデアから物語が自然に自発的に広がっていきます。最初にも申し上げましたように、そこにどんな人物が登場することになるか、それはあくまで物語自身が決めることです。僕が考えて決めることではありません。作家である僕は忠実な筆記者としてその指示に従うだけです。

あるとき僕はレズビアンの傾向を持つ二十歳の女性になるかもしれません。あるとき僕は三十歳の失業中のハウスハズバンドになるかもしれません。僕はそのとき与えられた靴に足を入れ、それに足のサイズを合わせて行動を開始します。それだけのことです。足のサイズに靴を合わせるのではなく、靴のサイズに足を合わせるのです。現実にはまずできないことですが、小説家として長く仕事をしていると、そういうことが自然にできるようになってきます。なぜならそれは架空のことですから。そして架空のことであるというのは、夢の中で起こっているというのと同じことですから。夢というのは——それが眠りながら見ている夢であれ、目覚めながら見ている夢であれ——ほとんど選択の余地がないものなのです。僕は基本的にその流れに従うしかありません。そしてその流れに自然に従っている限り、いろんな「まずできないこと」が、自由にできるようになります。それこそが、小説を書くことの大きな喜びなのです。

「どうして自分と同じ年代の人間を主人公にして小説を書かないのか？」と質問されるたびに、そういう風に答えたいと思うのですが、それでは説明としてあまりに長くなりすぎるし、相手にすんなり理解してもらえるとも思えないので、いつも適当にごまかしてしまいます。にこにこして、「そうですね、そのうちにそういうものを書くかもしれませんね」みたいなことを言って。

でもそれとは別に――小説に登場させるさせないとは別に――ごく一般的な意味合いで言っても、「今ここにある自分」というものを客観的に正確に見つめることは、けっこうむずかしい作業になります。今の現在進行形の自分というのは、なかなか把握しづらいものですよね。あるいはだからこそ僕は、いろんなサイズの自分のものではない靴に自分の足を入れ、それによって、今ここにある自分を総合的に検証していることになるのかもしれません。ちょうど三角法で位置を測定するみたいに。

いずれにせよ、小説の登場人物について僕が学ばなくてはならないことは、まだまだたくさんありそうです。またそれと同時に、自分の小説の登場人物から僕が学ばなくてはならないことも、まだまだたくさんありそうです。これからもいろんな変な、不思議な、そしてカラフルなキャラクターを小説の中に登場させ、息づかせていきたいと思っています。新しい小説を書き始めるとき、僕はいつもわくわくするのです。今度はどんな人々に巡り合えるのだろう、と。

第十回　誰のために書くのか？

インタビューなんかで「村上さんはどのような読者を想定して小説を書いているのですか？」と質問されることがあります。そのたびにどう答えればいいのか、けっこう迷ってしまいます。というのは、とくに誰かのために小説を書いているというような意識は、僕にはもともとありませんでしたし、今でもとくにないからです。

自分のために書いている、というのはある意味では真実であると思います。とりわけ最初の小説『風の歌を聴け』を夜中に台所のテーブルで書いているとき、それが一般読者の目に触れることになるなんて、まったく思いもしませんでしたから（本当に）、僕はおおむねのところ、自分が「気持ちよくなる」ことだけを意識して小説を書きました。自分の中に存在するいくつかのイメージを、自分にぴったりくる、腑に落ちる言葉を使って、そのような言葉をうまく組み合わせて文章のかたちにしていこう……頭にあるのはただそれだけです。いずれにせよ、どんな人がこの小説（みたいなもの）を読むのだろうかとか、そういう人たちが僕の書くものに対して果たして共感を抱いてくれるだろうかとか、ここにどのような文学的メッセージが込められているのだろうとか、そんなややこしいことはとても考える余裕もなかったし、また考える必要もありませんでした。ずいぶんきれいさっぱりしているというか、実に単純な話です。

またそこには「自己治癒」的な意味合いもあったのではないかと思います。なぜならあらゆる創作行為には多かれ少なかれ、自らを補正しようという意図が含まれているからです。つまり自己を相対化することによって、つまり自分の魂を今あるものとは違ったフォームにあてはめていくことによって、生きる過程で避けがたく生じる様々な矛盾なり、ズレなり、歪(ゆが)みなりを解消していく——あるいは昇華していく——ということです。そしてうまくいけば、その作用を読者と共有するということです。とくに具体的に意識はしませんでしたが、僕の心もそのとき、そういう自浄作用みたいなものを本能的に求めていたのかもしれません。だからこそごく自然に小説を書きたくなったのでしょう。

しかしその作品が文芸誌の新人賞を取り、本になって出版され、そこそこ売れて評判になり、いちおう「小説家」と名の付く立場になってしまってからは、僕としても否応(いやおう)なく「読者」という存在を意識させられるようになりました。自分が書いたものが書物として書店の棚に並び、僕の名前が堂々と表紙に印刷され、不特定多数の人々の手に渡って読まれるわけですから、それなりの緊張をもって書かなくてはなりません。とはいっても、「自分で楽しむために書く」という基本的な姿勢は、それほど大きくは変化しなかったように思います。自分が書いていて楽しければ、それを同じように楽しんで読んでくれる読者だってきっとどこかにいるに違いない。その数はそれほど多くはないかもしれない。でもそれでいいじゃないか。その人たちとうまく深く気持ちが通じ合えたとしたら、それでとりあえずは十分だろう、と。

『風の歌を聴け』に続く『1973年のピンボール』、そして短編集『中国行きのスロウ・ボート』『カンガルー日和（びより）』あたりはだいたいそういうナチュラルに楽観的なというか、かなり気楽な姿勢で書いています。当時僕は他に仕事（本職）を持っていましたし、そちらの収入でとくに不足なく生活していけました。小説は言うなれば「趣味みたいなもの」として余暇に書いていたわけです。

ある高名な文芸批評家（もう亡（な）くなっていますが）は「この程度のもので文学だと思ってもらっては困る」と僕の最初の小説『風の歌を聴け』を酷評しましたが、それを目にして「そりゃ、そういう意見もあるだろうな」と僕は素直に思いました。そう言われても、とくに反撥（はんぱつ）も感じないし、腹も立ちません。その人と僕とでは、「文学」

というもののとらえ方が、もう最初から違っているわけです。その小説が思想的にどうかとか、社会的役割がどうかとか、前衛か後衛かとか、純文学かどうかとか、僕としてはそんなことはまったく考えてもいません。こっちとしては「書いていて楽しければそれでいいじゃないか」みたいな姿勢から始まっているわけですから、そもそも話が嚙み合うわけがないんです。『風の歌を聴け』の中に、デレク・ハートフィールドという架空の作家が出てきて、その作品のひとつに『気分が良くて何が悪い？(What's Wrong About Feeling Good?)』というタイトルの小説がありますが、まさにそれが、当時の僕の頭の真ん中に腰を据えていた考え方です。気分が良くて何が悪い？

今にして思えばシンプルというか、ずいぶん乱暴な考え方ですが、当時はまだ若かったし（三十代の初め）、学生運動のうねりを通過してきたばかりという時代的な背景もあり、反抗精神みたいなものもそれなりに強かったから、そういうなれば「アンチ・テーゼ」的な、権威とかエスタブリッシュメントとかに楯突くような開き直った姿勢を、僕としては基本的に維持していました（いくぶん生意気で子供っぽくはあるにせよ、それはそれで結果的によかったんじゃないかと、振り返ってみて思うんですが）。

そういう姿勢が徐々に変化を見せてきたのは、『羊をめぐる冒険』（一九八二）を書き出した頃からです。このまま〈気分が良くて何が悪い〉みたいな書き方ばかりしていたら、職業作家として、たぶんどこかで袋小路にはまり込んでしまうだろうということは、自分でもおおよそわかっていました。今のところその小説スタイルを「斬新（ざんしん）なもの」として受け止め、気に入ってくれている読者だって、同じようなものばかり続けて読まされれば、そのうちに飽きてくるでしょう。「ええ、またこれかよ」みたいなことになるはずです。もちろん書いている僕自身だって飽きてきます。

それにだいたい僕は、そういうスタイルの小説を書きたくて書いていたわけではありません。正面から四つに組んで長編小説を書くための文章技術をまだ持ち合わせておらず、とりあえずそういう「すかす」ような書き方しかできなかったから、そういうタイプのものを書いていただけです。その「すかし方」がたまたま目新しく新鮮であったということです。ただ僕としては、せっかくこうして小説家になれたのだから、もう少し深く大柄な小説を書いてみたいと考えていました。でも「深く大柄な」といっても、文芸的にかしこまった小説、いかにもメインストリームな文学を書きたいということではありません。書いていて自分で気分が良くて、しかも同時に正面突破的な力を有した小説を書きたかった。僕の中にあるイメージを断片的に、感覚的に文章化するだけではなく、僕の中にあるアイデアや意識を、もっと総合的に立体的に文章として立ち上げていきたいと考えるようになったわけです。

僕は『羊』を書き出す前の年に村上龍の長編小説『コインロッカー・ベイビーズ』を読んで、「これはすごい」と感心したのですが、でもそれは村上龍にしか書けないものです。また中上健次のいくつかの長編小説を読んで、やはり深く感心しましたが、それもまた中上さんにしか書けないものです。いずれも僕が書きたいものとは違います。当然のことながら、僕は僕として独自の道を切り拓(ひら)いていかなくてはなりません。それらの先行する作品に込められたパワーを具体例として念頭に置きながら、僕にしか書けないものを書いていかなくてはなりません。

僕はその命題に対する回答を出すべく『羊をめぐる冒険』の執筆に取りかかりました。今ある文体をできるだけ重くすることなく、その「気持ちよさ」を損なうことなく（言い換えればいわゆる「純文学」装置に取り込まれることなく）、小説自体を深く重いものにしていきたい——それが僕の基本的な構想でした。そのためには物語という枠組みを積極的に導入しなくてはなりません。僕の場合、それはとてもはっきりしていました。そして物語を中心に据えれば、どうしても長丁場の仕事になってきます。今までのように「本職」の余暇に片手間でできることではありません。ですからこの『羊をめぐる冒険』を書き始める前に、僕はそれまで経営していた店を売却し、いわゆる専業作家になりました。当時はまだ文筆活動よりは、店からの収入の方が大きかったんですが、それを思い切って捨てることにしました。生活そのものを、小説を書くことに集中させたかったからです。自分の持っている時間をすべて小説の執筆にあてたかった。いくぶん大げさに言えば、後戻りできないように「橋を焼いた」わけです。

まわりの人はほとんど全員「そんなに早まらない方がいいよ」と反対しました。店はけっこうはやってきたところだったし、収入も安定しているし、今それを手放すのはあまりにもったいないじゃないか。店の経営は誰かにまかせて、自分は小説を書いていればいいじゃないか、と。たぶん当時はみんな、僕が小説だけで食べていけるとは思っていなかったのでしょう。でも僕には迷いはありませんでした。僕は昔から「何かをやるからには、全部とことん自分でやらないと気が済まない」というところがあります。「店は適当に誰かにまかせて」みたいなことは、性格的にまずできません。ここが人生の正念場です。思い切って腹をくくらなくてはならない。とにかく一度でいいから、持てる力をそっくり振り絞って小説を書いてみたかった。駄目なら駄目でしょうがない。また最初からやり直せばいいじゃないか。そう思いました。僕は店を売却し、集中して長編小説を書くために東京の住まいを引き払いました。都会を離れ、早寝早起きの生活を送るようになり、体力を維持するために日々ランニングをするようになりました。思い切って、生活を根っこから一変させたわけです。

このときから僕は、読者の存在をはっきり念頭に置かざるを得なくなったということになるかもしれません。でもそれがどういう読者なのか、具体的に思いめぐらしたりはしませんでした。というのは、あえて思いめぐらす必要もなかったからです。そのとき僕は三十代前半でしたし、僕の書いたものを読むのはどう考えても同じ年代か、あるいはもっと下の年代です。つまり「若い男女」です。当時の僕は「新進の若手作家」(という言葉を使うのはいささか恥ずかしいけど)であり、僕の作品を支持してくれるのは、明らかに若い世代の読者たちでした。そして彼らがどういう人々なのか、何を考えているのか、いちいち思いめぐらすまでもありません。作者である僕と読者とは、当然のことのようにひとつになっていました。それは振り返ってみれば僕にとって、著者と読者の「蜜月(みつげつ)」と呼んでいいような時期だったのでしょう。

『羊をめぐる冒険』はいろんな事情があって、掲載誌「群像」編集部からは当時けっこう冷ややかな扱いを受けた(と記憶している)のですが、幸いなことに多くの読者の支持を得て、評判も上々で、本も予想以上に売れました。つまり僕は専業作家として、まずは順調なスタートを切ることができたわけです。そして「自分のやろうとしていることは、方向として間違っていない」という確かな手応え（てごた）えを得ることもできました。そういう意味で『羊をめぐる冒険』こそが、長編小説作家としての僕にとっての、実質的な出発点であったわけです。

それから歳月が経過し、僕は六十代半ばになり、新進の若手作家というところからずいぶん遠く離れた地点までやってきました。とくにそんなつもりもなかったんですが、時間が経（た）てば人は自然に歳（とし）を取ります（しょうがないですね）。そして僕の本を手に取ってくれる読者層も、歳月とともに変化しました。というか、もちろんしたはずです。でも「じゃあ今現在、あなたの本を手に取っているのはどういう人たちなのですか？」と尋ねられると、僕としては「いや、まったくわかりません」と答えるしかありません。本当にわからないのです。

僕のところには読者から数多くの手紙が寄せられますし、また何かの機会に読者の何人かに直接お目にかかったりすることもあります。しかしその人たちは年齢も性別も住んでいる地域も実にばらばらで、僕の本が主にどのような人々の手に取られているのか、具体的なイメージが湧（わ）いてきません。僕にはちょっと見当がつかないし、たぶん出版社の営業の人たちにも実態はよくわかってないんじゃないかという気がします。男女の割合がちょうど半々くらいで、女性読者に美しい方が多いということを別にすれば——それは嘘じゃありません——これという共通した特徴が見当たらないのです。昔は都市部でよく売れて、地方ではあまり売れないというような傾向もあったみたいですが、今ではそこまではっきりとした地域差みたいなものはありません。

それでは読者の像が全然わからないまま、おまえは小説を書いているのか？　と言われそうですが、考えてみればまったくそのとおりかもしれません。僕の頭には具体的な読者像というものが浮かんでこないのです。

僕の知っている限り、作家の多くは読者とともに年齢を重ねていくようです。つまり作者が年を取れば、読者も一般的に言って、それに合わせて年を取っていくということです。ですから作者の年代と読者の年代は、おおよそ重なっていることが少なくないようです。これはわかりやすいといえばわかりやすいですね。そういうことであれば当然ながら、自分とだいたい同じ年代の読者を想定して小説を書くことになります。でも僕の場合はどうやらそうじゃないみたいです。

それからある特定の年代、特定の層を最初からターゲットにしている小説ジャンルもあります。たとえばヤング・アダルト小説は十代の少年少女を、ロマンス小説は二十代、三十代の女性を、歴史小説・時代小説なんかは中高年男性をおおむねターゲットにして書かれています。これも話としてはわかりやすい。でも僕の書く小説はそういうのとも少し違っています。

結局のところ、そこで話がぐるりと一周して、また最初の地点に戻ってしまうのですが、どういう人たちが自分の本を手に取っているかがさっぱりわからないわけだから、「それなら自分が楽しむために書くしかないだろう」ということになります。原点回帰と言えばいいのか、なんだか不思議ですね。

ただ僕が作家になり、本を定期的に出版するようになって、ひとつ身にしみて学んだ教訓があります。それは「何をどのように書いたところで、結局はどこかで悪く言われるんだ」ということです。たとえば長い小説を書けば「長すぎる。冗長だ。この半分くらいで書けるはずだ」みたいなことを言われますし、短めの小説を書けば「中身が薄い。すかすかだ。明らかに力を抜いている」と言われます。同じ小説があるところでは「同じことの繰り返しで、マンネリだ。退屈だ」と言われたり、別のところでは「前の方が良かった。新しい仕掛けが空回りしている」と言われたりします。考えてみたら、既に二十五年くらい前から「村上は今の時代から遅れている。もうおしまいだ」と言われてきました。けちをつける方は簡単なんだろうけど（なにしろ思いついたことを口にするだけで、具体的な責任は取らなくていいわけですから）、つけられる方は、いちいち真剣に取り合っていたらとても身が持ちません。ですからいきおい、「なんでもいいや。どうせひどいことを言われるのなら、とにかく自分の書きたいものを書きたいように書いていこうぜ」ということになります。リック・ネルソンの後年の歌に『ガーデン・パーティー』というのがあって、その中にこんな内容の歌詞があります。

もし全員を楽しませられないのなら
自分で楽しむしかないじゃないか

この気持ちは僕にもよくわかります。全員を喜ばせようとしたって、そんなことは現実的に不可能ですし、こっちが空回りして消耗するだけです。それなら開き直って、自分がいちばん楽しめることを、自分が「こうしたい」と思うことを、自分がやりたいようにやっていればいいわけです。そうすればもし評判が悪くても、たとえ本があまり売れなくても、「まあ、いいじゃん。少なくとも自分は楽しめたんだからさ」と思えます。それなりに納得できます。

またジャズ・ピアニストのセロニアス・モンクはこのように語っています。

「私が言いたいのは、君のやりたいように演奏すればいいということだ。世間が何を求めているかなんて、そんなことは考えなくていい。演奏したいように演奏し、君のやっていることを世間に理解させればいいんだ。たとえ十五年、二十年かかったとしてもだ」

もちろん自分が楽しめれば、結果的にそれが芸術作品として優れているということにはなりません。言うまでもなく、そこには峻烈な自己相対化作業が必要とされます。最低限の支持者を獲得することも、プロとしての必須条件になります。しかしそのへんさえある程度クリアできれば、あとは「自分が楽しめる」「自分が納得できる」というのが何より大事な目安になってくるのではないかと僕は考えます。だって楽しくないことをやりながら生きる人生というのは、生きていてあまり楽しくないからです。そうですよね？　気分が良くて何が悪い——という出発点にまた立ち戻る、というか。

それでも「おまえは本当に自分のことばかり考えて小説を書いているのか」とあらためて正面から尋ねられると、僕だって「いいえ、もちろんそんなことはありません」と答えることになります。前にも言いましたように、僕は一人の職業的作家として、常に読者を念頭に置いて文章を書いています。読者の存在を忘れることは——もし忘れたいと思ったところで——不可能ですし、また健全なことではありません。

　読者を念頭に置くといっても、それはたとえば企業が商品開発をするときのように、市場を調査して消費者層を分析し、ターゲットを具体的に想定するというようなことではありません。僕が頭の中に思い浮かべるのは、あくまで「架空の読者」です。その人は年齢も職業も性別も持っていません。もちろん実際には持っているのでしょうが、それらは交換可能なものです。要するにそういうのはとくに重要な要素ではないということです。重要なのは、交換不可能であるべきは、僕とその人が繋がっているという事実です。どこでどんな具合に繋がっているのか、細かいことまではわかりません。ただずっと下の方の、暗いところで僕の根っことその人の根っこが繋がっているという感触があります。それはあまりに深くて暗いところなので、ちょっとそこまで様子を見に行くということもできません。でも物語というシステムを通して、僕らはそれが繋がっていると感じ取ることができます。養分が行き来している実感があります。

　でも僕とその人とは、裏通りを歩いていてすれ違っても、電車のシートで隣り合わせに座っても、スーパーマーケットのレジで前後ろになっても、お互いの根っこが繋がっていることには（ほとんどの場合）気づきません。僕らは見知らぬもの同士としてただすれ違い、何も知らずに別れていくだけです。おそらく二度と会うこともないでしょう。しかし実際には我々は地中で、日常生活という硬い表層を突き抜けたところで、「小説的に」繋がっています。僕らは共通の物語を心の深いところに持っています。僕が想定するのは、たぶんそういう読者です。僕はそういう読者に少しでも楽しんで読んでもらいたい、何かを感じてもらいたいと希望しながら、日々小説を書いています。

それに比べると、日常的にまわりにいる現実の人々はけっこう面倒です。僕が本を新しく書くたびに、それを気に入ったり、あまり気に入らなかったりする人がいます。はっきり意見や感想を言わなくても、そのへんは顔を見ていればだいたいわかります。これは当然のことですね。人にはそれぞれ好みというものがありますから。いくら僕ががんばっても、リック・ネルソンが歌っているように、「全員を楽しませることはできない」わけです。そしてまわりの人々のそういう個別的な反応をじかに目にするのは、書き手としてはけっこうしんどいものです。そういうときには、「やっぱり自分で楽しむしかないだろう」とシンプルに開き直ることにしています。そういう二つの姿勢を、僕としては場合によって都合良く使い分けているわけです。それは僕が長年にわたる作家生活の中で身につけた技です。あるいは生きるための知恵のようなものです。

僕が嬉しく感じることのひとつは、僕の書く小説がいろんな年代の人に読まれているらしいということです。「我が家では三世代にわたって村上さんの本を読んでいます」というような手紙をしばしばいただきます。おばあさんが読んで（彼女は僕のかつての「若い読者」であったかもしれません）、お母さんが読んで、息子が読んで、その妹が読んで……みたいなことがどうやらあちこちで起こっているみたいです。そういう話を聞くと、僕としてはすごく明るい気持ちになります。一冊の本がひとつの屋根の下で何人もに回し読みされるというのは、その本が活かされているということです。もちろん五人が一冊ずつ本を買ってくれた方が売り上げが伸びて、出版社としてはありがたいのでしょうが、著者としては一冊の本を五人で大事に読んでもらった方が正直言ってずっと嬉しいのです。

そうかと思うと、かつての同級生から電話がかかってきて、「うちの高校生の息子がおまえの本を全部読んでいてさ、よく息子とその本について話をするんだ。普段は親子でほとんど話なんてしないんだけど、おまえの本のことになると、けっこうよくしゃべるんだよ」みたいなことを言われた経験もあります。声の調子がなんとなく嬉しそうです。そうか、僕の本もちょっとは世の中の役に立っているんだなと思います。少なくとも親子間のコミュニケーションの助けになっているわけで、これはなかなか馬鹿にならない功績ではないかと思います。僕には子供がいませんが、他の人の子供たちが僕の書くものを喜んで読んでくれるとしたら、そしてそこに共感のようなものが生まれるとしたら、僕もささやかではあるけれど、次の世代に何かしらを残せたことになるわけですから。

ただ現実的なことを言えば、僕が読者のみなさんと個人的に直接関わることはほとんどないといっていいと思います。僕は公共の場所にはまず出ませんし、メディアに顔を出すことも稀です。テレビやラジオに自分から出演したことは一度もありません（心ならずも勝手に映されたことは何度かありますが）。サイン会もまずやりません。どうしてかとよく訊かれるのですが、結局のところ僕は職業的文筆家であり、僕がいちばんうまくできることは小説を書くことであり、僕としてはできるだけそれに全力を注ぎたいと思っているからです。人生は短いし、手持ちの時間もエネルギーも限られています。あまり本業以外のことに時間を取られたくないのです。ただ外国で講演をしたり、朗読をしたり、サイン会を開いたりすることは年に一回くらいあります。

これは日本人の作家として、ひとつの責務として、ある程度やらなくてはならないことだと思っているからです。そのへんのことについてはまた別の機会にあらためて話したいと思いますが。

ただこれまでに、インターネットでホームページを開いたことが何度かあります。いずれのときも数週間の期間限定の運営だったのですが、とても数多くのメールをいただきました。そして僕は原則として、いただいたメールのすべてに目を通しました。あまりに長いものは斜め読みせざるを得ませんでしたが、とにかく送られてきたものは残らず読みました。

そしていただいたメールの十分の一くらいに返事を書きました。質問に答えたり、ちょっとした相談に乗ったり、メッセージへの感想を書いたり……軽いコメントから、わりにあらたまった長い回答まで、様々な種類のやりとりがありました。その期間（数か月に及ぶこともありましたが）は他の仕事をほとんど入れないで、しゃかりきに返事を書いたのですが、受け取った人の多くには、僕本人が書いた返事だとは信じてもらえなかったようです。僕の代わりに誰かが返事を書いたのだろうと思われたんですね。芸能人のファンレターの返事にそういう代筆が使われる例が多いらしく、きっと同じようなことをしているのだろうと。僕はそのホームページで「返事は間違いなく僕自身が書いています」と断っておいたんですが、なかなか額面通りには受け取ってもらえなかったみたいです。

とくに若い女性が「村上さんから返事をもらった」と喜んでいたら、ボーイフレンドから「おまえ馬鹿だな。そんなの本人がいちいち書くわけないじゃないか。村上だって忙しいんだから。誰かが代わりに書いていて、表向き自分が書いていると言ってるだけだよ」みたいに水を差される状況が多かったみたいです。よく知らなかったけど、世の中には疑り深い人がけっこう多いんですね（それとも実際に騙そうとする人が多いのか）。でも本当に自分でせっせと返事を書きました。僕はメールの返事みたいなものを書くスピードはかなり速い方だと思いますが、それでも量が多いので、かなり大変な作業になりました。しかしやっていて面白かったし、いろいろと学ぶことも多かったです。

それで、そういう風に現実の読者と直接メッセージのやりとりをしていて、ひとつすとんと腑に落ちたことがありました。それは「この人たちは総体として、僕の作品を正しく受け止めてくれている」ということです。一人一人の個別の読者を見ていけば、そこにはときとして誤解もありますし、考えすぎのところもありますし、あるいは「それはちょっと思い違いじゃないか」というところもなくはありません（すみません）。僕の「熱烈な愛読者」を自称する人々だって、個々の作品を取り上げれば、賞賛もあれば批判もあります。共感もあれば反撥もあります。寄せられた意見をひとつひとつ見ていくと、なにしろてんでんばらばらみたいに見えます。でも何歩か後ろに下がって、少し離れたところから全体像を見渡すと、「この人たちは総体として、とても正しく深く僕を、あるいは僕の書く小説を理解してくれているんだな」という実感がありました。細かい個別の出し入れはありますが、そういうものをすべて差し引きして均してみると、最終的には落ち着くべきところにきちんと落ち着いているということです。

「うーん、なるほど、そういうことなのか」と僕はそのとき思いました。尾根にかかっていた霧がさらりと晴れるみたいに。そういう認識を得ることができたのは、僕としてはちょっと得がたい体験だったと思います。インターネット体験、というか。あまりにも重労働なので、同じようなことはたぶんもうできないんじゃないかと思いますが。

僕は前に「架空の読者」を念頭に置いて書いていると言いましたが、それはこの「総体としての読者」ということとおおよそ同義であると思います。総体というとイメージが大きくなりすぎて、頭の中にうまく収まりきらないので、それを「架空の読者」という単体にとりあえず凝縮させているわけです。

日本の書店に行きますと、男性作家と女性作家が別のコーナーに分かれていることがよくあります。外国の書店ではそういう区別ってあまりないみたいですね。どこかにはあるのかもしれませんが、少なくとも僕はこれまで目にしたことがありません。で、どうして男女で分かれているんだろうと僕なりにいろいろと考えてみたんですが、あるいは女性の読者は女性作家の書いた本を読むことが多く、男性読者は男性作家の書いた本を読むことが多いので、「だったら便利なように、初めから売り場をわけてしまおう」ということになったのかもしれません。考えてみると、僕も女性作家の本よりは、男性作家の本を読むことの方がいくぶん多いみたいです。でもそれは「男性作家の本だから読む」というのではなく、たまたま結果的にそうなっているだけであって、もちろん女性作家にも好きな人はたくさんいます。たとえば外国の作家で言うと、ジェイン・オースティンとかカーソン・マッカラーズなんて大好きですね。作品は全部読んでいます。アリス・マンローも好きだし、グレイス・ペイリーの作品は何冊か訳しています。だからそんなに簡単に男性作家と女性作家の売り場をぽんと分けてもらっては困るよなという気がするんですが（だってそんなことをしていたら、読まれる本の男女分離度がますます深まるだけですから)、僕が意見を言ってもなかなか社会は耳を傾けてくれません。

さきほどもちょっと申しあげましたように、僕個人について言えば、僕の書く小説の読者は男女の比率がだいたい同じくらいのようです。本格的に統計を取って調査したわけではないのですが、これまでいろいろと実際の読者に会って話をしてきて、それからさっきも言ったようにメールのやりとりなんかもして、「まあ、おおよそ男女半々というところだな」という実感があります。日本においてもそうだし、外国においてもそうみたいです。うまくバランスがとれています。どうしてそうなるのかはよくわかりませんが、これは素直に喜ぶべきことであるような気がします。世界の人口はだいたい男女半々なんですし、本の読者が男女半々であるというのは、おそらく自然で健全なことなんじゃないでしょうか。

若い女性の読者と話をしていて、「村上さんは(六十代の男性なのに)どうして若い女性の気持ちがそんなによくわかるんですか?」と質問されたりすることがあります(もちろんそうは思わない人もたくさんいらっしゃるでしょうが、これは読者の意見のひとつの例として、とりあえずあげているだけです。すみません)。僕は自分に若い女性の気持ちがわかっているなんて考えたこともありませんので(ほんとに)、そんなことを言われるとけっこうびっくりしちゃいます。そういうときには「たぶん物語を書きながら一生懸命、その登場人物になろうと努力しているので、その人が何をどう感じたり考えたりしているのか、だんだん自然にわかってくるんじゃないでしょうか。あくまで小説的に、ということですが」と答えることにしています。

つまり小説という設定の中でキャラクターを動かしているときには、ある程度そういうことがわかるんだけど、それは「現実の若い女性をよく理解している」というのとは少し違うことですね。生身の人のこととなると、残念ながらと言うべきか、僕にもなかなかそううまくは理解できません。でも実際の生身の若い女性たち——の少なくとも一部——が僕の（つまり六十代半ばのおっさんの）書いた小説を楽しんで、そこに出てくる人物に共感しながら読んでくれているとしたら、それは僕にとって何より嬉しいことです。そういうことが起こるというのは実のところ、ほとんど奇跡に近いことなんじゃないかと思ったりもします。

もちろん世間には男性読者向けの本があり、女性読者向けの本があってもいいでしょう。そういうものもやはり必要です。でも僕自身は、自分の書いた本が男女の区別なく同じように読者の心を喚起し、動かしてくれればいいなと思っています。そして恋人同士が、男女のグループが、あるいは夫婦が、親子が、僕の本について熱心に語り合ってくれたりしたら、それに勝る喜びはありません。小説というものは、物語というものは、男女間や世代間の対立や、その他様々なステレオタイプな対立を宥め、その切っ先を緩和する機能を有しているものだと、僕は常々考えているからです。それは言うまでもなく素晴らしい機能です。自分の書く小説がこの世界の中で、たとえ少しでもいいからそういうポジティブな役割を担ってくれることを、僕はひそかに願っているのです。

ひとことで言ってしまえば――あまりにベタすぎて口に出すのはちょっと恥ずかしいのですが――僕はデビューして以来一貫して読者には恵まれていたなと、しみじみ感じています。繰り返すみたいですが、僕は批評的には、長年にわたってけっこう厳しい立場に置かれ続けてきました。僕の本を出す出版社内でも、僕の書いたものを支持してくれる編集者よりは、どちらかといえば批判的な立場を取る編集者の方が数が多かったみたいです。そんなこんなで、いつも何かしら厳しいことを言われたり、冷ややかな扱いを受けてきました。なんだかずっと（強くなったり弱くなったりという時期的変動はあるものの）向かい風を受けながら、一人ぼっちで黙々と仕事をしてきたような気がするくらいです。

それでも僕がめげたり落ち込んだりせずに済んだのは（たまにいささか消耗することはありましたが）、僕の本に読者がしっかりついてくれていたからだと思います。それも、こんなことを自分の口で言うのもなんですが、かなりクォリティーの高い読者です。たとえば読み終えて「ああ、面白かった」と本をそのままどこかに置いて忘れてしまうのではなく、「これはどうして面白かったんだろう？」とあらためて考えてくれるような読者が多かったみたいです。そしてその一部は——それも決して少なくない数の人々です——同じ本をもう一度読み直してくれました。場合によっては何十年という長きにわたって何度も。人によっては気の合う友だちにその本を貸して読ませ、お互いの意見や感想を交換し合います。そうやっていろんな方法で立体的に物語を理解し、あるいは共感のありようを確かめようとします。僕はそういう話をたくさんの読者の口から聞きました。そしてそのたびに深い感謝の念を抱かないわけにはいきませんでした。そういうのって、著者にとってはまさに理想的な読者のあり方だからです（僕自身、若いときにはそういう本の読み方をしていました）。

そしてまた僕が少なからず誇りに思うのは、この三十五年ほどのあいだ本を出すたびに、読者の数が着実に増え続けてきたことです。もちろん『ノルウェイの森』が圧倒的に売れたりしたことはありましたが、そういう「浮動層」を含んだ一時的な数の変動とは別に、僕の新しい本が出るのを待って、出たら買って読んでくれるという「基礎層」の数は継続的に、着々と積み上げられてきたように見えます。数字的に見てもそうですが、手応えとしてもそれははっきりと触知できます。その傾向は日本ばかりでなく、外国にも確実に広がっています。面白いことに、日本の読者も海外の読者も、今ではだいたい同じような読み方をしているみたいです。

言い換えれば僕は、読者とのあいだに太いまっすぐなパイプを繋ぎ、それを通してじかにやりとりをするシステムを、時間をかけて築き上げてきたということになるのかもしれません。それはメディアや文芸業界といった「仲介業者」を(それほど)必要とはしないシステムです。そこでなによりも必要とされるのは言うまでもなく、著者と読者の間のナチュラルな、自然発生的な「信頼の感覚」です。多くの読者に「村上の出す本なら、いちおう買って読んでみようか。損にはなるまい」と思ってもらえるような信頼関係がなければ、いくら太い直通パイプを繋いだところで、そういうシステムの運営は長続きしません。

昔、作家のジョン・アーヴィングに個人的に会って話をしたとき、彼は読者との繋がりについて僕に面白いことを言いました。「あのね、作家にとっていちばん大事なのは、読者にメインラインをヒットすることなんだ。言葉はちょっと悪いけどね」。

メインラインをヒットするというのはアメリカの俗語で、静脈注射を打つ、要するに相手をアディクト（ドラッグの常用者）にしちゃうことです。そういう切ろうにも切れないコネクションをこしらえてしまう。次の注射が待ちきれない関係を作ってしまう。これは比喩としてはとてもよくわかるんだけど、イメージがかなり反社会的なので、僕は「直通パイプ」という、より穏やかな表現を使いますが、でもまあ、言わんとすることはおおむね同じです。著者と読者が個人的に直接取引をしている（「お兄さん、どないですか。ええもんありまっせ」）――そういう親密なフィジカル感が欠かせないものになります。

ときどき読者から面白い手紙をいただきます。「新しく出た村上さんの本を読んでがっかりしました。残念ながら私はこの本があまり好きではありません。しかし次の本は絶対に買います。がんばってください」、そういう文面です。正直に言いまして、こういう読者が僕は好きです。とてもありがたいと思います。そこには間違いなく「信頼の感覚」があるからです。そういう人たちのために僕は「次の本」をしっかり書かなくちゃなと思います。そしてその本が、彼の／彼女の気に入ってもらえることを心から願うのです。ただし「すべての人を喜ばすわけにはいかない」ので、実際どうなるのかは僕にもわかりませんが。

第十一回　海外へ出て行く。新しいフロンティア

僕の作品が本格的にアメリカに紹介され始めたのは、一九八〇年代も終わりに近い頃で、「講談社インターナショナル」（ＫＩ）から英語版『羊をめぐる冒険』がハードカバーで翻訳出版され、雑誌「ニューヨーカー」に短編小説がいくつか採用・掲載されたのが始まりでした。当時、講談社はマンハッタンの中心地にオフィスを持っていて、現地で編集者を採用し、かなり積極的に活動をおこなっていました。アメリカでの出版事業に本格的に乗り出そうとしていたわけです。この会社はたしか後に「講談社アメリカ」（ＫＡ）となります。詳しい事情はよくわかりませんが、講談社の子会社で現地法人ということになると思います。

エルマー・ルークという中国系アメリカ人が編集の中心になり、ほかにも何人かの有能な現地スタッフ（広報や営業のスペシャリスト）がいました。社長は白井さんという方で、日本式なうるさいことはあまり言わず、アメリカ人スタッフにできるだけ自由に活動させてくれるタイプの人でした。だから社風もけっこうのびのびしていた。

アメリカ人スタッフはずいぶん熱心に僕の本の出版をバックアップしてくれました。僕も少しあとになって、ニュージャージー州に住むようになったので、ニューヨークに出かけたときにはブロードウェイにあるＫＡのオフィスに寄り、彼らと親しく話をしたものです。日本の会社というより、雰囲気はアメリカの会社に近かった。全員が生粋のニューヨーカーで、いかにも元気が良くて有能で、一緒に仕事をしていて面白かった。その時代のあれこれは、僕にとって楽しい思い出になっています。僕もまだ四十歳になって間もない頃だったし、いろんな面白いことがありました。今でも彼らの何人かとは親交があります。

アルフレッド・バーンバウムの新鮮な翻訳のおかげもあって、『羊をめぐる冒険』は予想以上に評判が良く、「ニューヨーク・タイムズ」も大きく取り上げてくれたし、ジョン・アップダイクは「ニューヨーカー」に長い好意的な論評を書いてくれたのですが、営業的には成功には程遠かったと思います。「講談社インターナショナル」という出版社自体がアメリカではまだ新参だったし、僕自身ももちろん無名だったし、そういう本は書店が良い場所に置いてくれません。今みたいに電子ブックとか、ネット通販みたいなものもあればよかったのかもしれませんが、そんなのはまだ先の話です。だからある程度話題にはなったけれど、それがそのまま売上げには直結しなかった。この『羊をめぐる冒険』は後にヴィンテージ（ランダムハウス）からペーパーバック版が出て、そちらは着実なロングセラーになっていますが。

続いて『世界の終りとハードボイルド・ワンダーランド』『ダンス・ダンス・ダンス』を出したのですが、それらもやはり批評的には良かったし、それなりに話題にはなったものの、全体的にいえば「カルト的」なところに留まって、やはり売れ行きにはもうひとつ結びつかなかった。その当時、日本は経済が絶好調で、『ジャパン・アズ・ナンバーワン』というような本まで出て、いわゆる「行け行け」の時代だったのですが、ことカルチャーに関してはそれほど広がりを持っていませんでした。アメリカ人と話をしていても、話題になるのはだいたい経済問題で、文化関係は話題としては盛り上がらなかった。坂本龍一さんや吉本ばななさんなどは当時から名前を知られていましたが、（ヨーロッパはともかく）少なくともアメリカ市場においては、人々の目を日本のカルチャーに積極的に向けさせる流れを作るまでにはいたらなかった。極端な言い方をすれば、日本は「金はふんだんに持っているけど、よく得体の知れない国」みたいなものとして、その当時は捉えられていたわけです。もちろん川端や谷崎や三島を読んで、日本文学を高く評価する人たちはいましたが、そういう人たちは結局のところ、ほんの一握りのインテリです。だいたいが都市部の「高踏的」な読書人です。

だから「ニューヨーカー」に僕の短編小説が何本か売れたときにはすごく嬉しかったんだけど（その雑誌を愛読してきた僕にとっては夢のような出来事だったから）、残念ながらそこからもう一段階ブレークすることはできませんでした。ロケットでいえば、初速はよかったんだけど、二段階目のブーストがきかなかった。ただそれ以来今日に至るまで、僕と「ニューヨーカー」誌との友好的な関係は、編集長や担当編集者が交代しても変化することなく、その雑誌は僕にとっての、アメリカにおける心強いホーム・グラウンドになりました。彼らは僕の作品スタイルを、ことのほか気に入ってくれたようで（「社風に合った」ということなのかもしれません）、「専属作家契約」というものを結んでくれました。あとでJ・D・サリンジャーが同じ契約を結んでいたことを知って、少なからず光栄に思いました。

「ニューヨーカー」に掲載された僕の最初の作品は短編小説『TVピープル』で（1990/9/10）、以来二十五年間に全部で二十七作品が採用・掲載されました。「ニューヨーカー」編集部の作品の採用・非採用の判定はとても厳正なもので、相手がどれほど有名な作家であれ、どれほど編集部と親しい作家であれ、雑誌の設定した基準や好みに合わない（とされる）作品はあっさり却下されます。サリンジャーの『ズーイ』

でさえ、全員一致の判断で却下されました（編集長ウィリアム・ショーンの尽力によって結局掲載されましたが）。もちろん僕の作品だって何度も却下されています。そのへんは日本の雑誌とはずいぶん違います。しかしそのような厳しい難関をくぐり抜け、作品がコンスタントに「ニューヨーカー」に掲載されることを通じて、アメリカの読者を開拓していくことができたし、僕の名前もだんだん一般に浸透していきました。その効果は大きかったと思います。

「ニューヨーカー」という雑誌の持つプレスティッジと影響力は、日本の雑誌からはちょっと想像できないくらい強力なものです。アメリカでは日本で小説を百万部売ったとか、「なんとか賞」をとったとか言っても「へえ」で終わりますが、「ニューヨーカー」に作品がいくつか掲載されたというだけで、人々の対応ががらりと変わってきます。そのようなランドマーク的な雑誌がひとつでも存在している文化というのはうらやましいなと、よく思います。

「アメリカで作家として成功しようと思ったら、アメリカのエージェントと契約し、アメリカの大手出版社から本を出さないことには、まずむずかしいよ」と仕事で知りあった何人かのアメリカ人から忠告されました。また言われるまでもなく、たしかにそのとおりだろうなと自分でも感じていました。少なくとも当時はそういう状況だったのです。だからＫＡの人たちには申し訳ないけれど、自分の足を使ってエージェントと、新しい出版社探しをすることにしました。そしてニューヨークで何人かと面接した末に、文芸エージェントは大手エージェンシーＩＣＭ（インターナショナル・クリエイティブ・マネージメント）のアマンダ（通称ビンキー）・アーバンに、出版社はランダムハウス傘下のクノップフ（トップはサニー・メータ）に、クノップフにおける担当編集者はゲイリー・フィスケットジョンに決まりました。三人ともアメリカの文芸界では超トップクラスの人々です。今思えば、よくもまあこれだけの人たちが僕に興味を持ってくれたなと驚いてしまうのですが、当時はこっちも必死だったから、相手がどれだけ偉いかなんて考えている余裕もありませんでした。とにかく知り合いのつてを頼って、いろんな人と面談し、「この人なら」と思う相手を選んだだけです。

　思うに、この三人が僕に興味を持った理由は三つあるみたいです。ひとつは僕がレイモンド・カーヴァーの翻訳者であり、彼の作品を日本に紹介した人間であったということです。この三人はそのままレイモンド・カーヴァーのエージェントであり、出版社代表であり、担当編集者でした。これは決して偶然ではないと僕は思っています。亡きレイ・カーヴァーが導いてくれたということなのかもしれません（そのときは彼が亡くなってまだ四、五年しか経っていませんでした)。

二つ目は僕が『ノルウェイの森』を日本で二百万部(セット)近く売っていたことが、アメリカでも話題になっていたことです。二百万部というのはアメリカでも、文芸作品としてはなかなかない数字です。そのおかげで僕の名前もある程度業界的に知られており、『ノルウェイの森』がいわば挨拶の名刺がわりみたいになっていたわけです。

三つ目は僕がアメリカで作品を徐々に発表し始め、それがそこそこ話題になっており、ニューカマーとしての「将来性」を買われたこと。とくに「ニューヨーカー」誌が僕を高く評価してくれたことは、影響が大きかったと思います。ウィリアム・ショーンの後を継いで同誌の編集長をしていた「伝説の編集者」ロバート・ゴットリーブがなぜか僕を個人的に気に入ってくれたようで、彼自らが社内を隅々まで案内してくれたことも、僕にとって素敵な思い出になっています。直接の担当編集者であったリンダ・アッシャーもとてもチャーミングな女性で、僕とは不思議に気が合いました。「ニューヨーカー」はずっと前に辞めましたが、今でも彼女とは親交があります。考えてみたら、僕はアメリカ市場では「ニューヨーカー」に育ててもらったようなものかもしれません。

結果的にはこの三人の出版人（ビンキー、メータ、フィスケットジョン）と結びついたことが、ものごとがうまく運んだひとつの大きな要因になっていると思います。彼らはとても有能で、熱意に溢（あふ）れる人たちだったし、広いコネクションと、業界に対する確かな影響力を持っていました。それからクノップフの社内（名物）デザイナーであるチップ・キッドも、最初の『象の消滅』から最新の『色彩を持たない多崎つくると、彼の巡礼の年』まで、僕のすべての本をデザインしてくれて、それはかなりの評判になりました。彼のブック・デザインを目にするのを楽しみに、僕の新刊を待っている人たちもいます。そういう人材に恵まれたことも大きかったでしょう。

もうひとつの要因は、僕が「日本人の作家」であるという事実をテクニカルな意味合いで棚上げし、アメリカ人の作家と同じ土俵に立ってやっていこうと、最初に決心したことにあるのではないかと思います。僕は自分で翻訳者を見つけて個人的に翻訳してもらい、その翻訳を自分でチェックし、その英訳された原稿をエージェントに持ち込み、出版社に売ってもらうという方法をとりました。そうすれば、エージェントも出版社も、僕をアメリカ人の作家と同じスタンスで扱うことができます。つまり外国語で小説を書く外国人作家としてではなく、アメリカの作家たちと同じグラウンドに立ち、彼らと同じルールでプレイするわけです。まずそういうシステムをこちらでしっかり設定しました。

そうしようと決めたのはビンキーに最初に会ったとき、「英語で読めない作品は自分には扱えない」とはっきり言われたからです。彼女は自分で作品を読み、価値を判断し、そこから仕事を開始します。自分で読めない作品を持ち込まれても、仕事にならないわけです。エージェントとしては、まあ当たり前のことですね。だからこちらでまず納得のいく英語翻訳を用意することにしました。

日本やヨーロッパの出版関係者はよく、「アメリカの出版社は商業主義で、営業成績ばかり気にして、地道に作家を育てようとしない」というようなことを言います。反米感情というほどでもないけど、アメリカ的なビジネス・モデルに対する反感（あるいは好感の欠如）のようなものを感じることはしばしばあります。たしかにアメリカの出版ビジネスにそういう面がまったくないというと、それは嘘になります。「エージェントも出版社も、売れているときはちやほやするけど、売れなくなると冷たい」と文句を言うアメリカ人の作家に何人も出会いました。たしかにそういうところもあるでしょう。でもそんな面ばかりではありません。気に入った作品に対して、またこれぞと思う作家に対して、エージェントや出版社が目先の損得抜きで力を傾注している例を、僕はあちこちで目にしてきました。そこでは編集者の個人としての思い入れや、意気込みが重要な役割を果たすことになります。これは世界中どこだってだいたい同じようなものじゃないかと思います。

どこの国であろうが僕の見る限り、出版関係の仕事に就こう、編集者になりたいという人は、そもそもが本好きです。アメリカだって、ただ単にお金をいっぱい儲けたい、贅沢に経費を使いたいと考えるような人は、まず出版関係にはやってきません。そういう人たちはウォール街に行くか、マディソン街（広告業界）に行くかします。特殊な例を別にすれば、出版社の出す給料はそれほど高額なものではないからです。だからそこで働いている人の間には多かれ少なかれ、「私は本が好きだからこそこの仕事をやっているんだ」という自負があり、心意気があります。いったん作品が気に入れば、損得抜きで身を入れて仕事をしてくれます。

僕はアメリカ東部（ニュージャージーとボストン）にしばらく住んでいたこともあって、ビンキーやゲイリーやサニーと個人的につきあい、親しくもなりました。遠く離れた場所に住み、長い歳月にわたって仕事を共にするわけですから、やはり時々は顔を合わせていろんな話をし、一緒にご飯を食べたりもします。そういうところはどこの国だって同じです。すべてエージェントまかせで、担当者とほとんど顔も会わせず、「まあ、適当にやってください」という丸投げ的な姿勢では動くものも動きません。もちろん作品自体に圧倒的に強い力があれば、それでもかまわないわけですが、正直なところ僕にはそこまでの自信はありませんし、何ごとによらず「自分にできることは、できるだけやってみる」という性分なので、できる限りのことは実際にやってみたわけです。日本でデビューした当時にしていたことを、もう一度アメリカでやり直したことになります。もう一回「新人状態」にリセットされたというか。

僕がこのように積極的にアメリカのマーケットを開拓しようと思い立ったのは、それまでに日本国内でいろんなあまり面白くないことがあって、「日本でこのままぐずぐずしていてもしょうがないな」と実感するようになったことが大きいと思います。八〇年代の後半はいわゆる「バブルの時代」で、日本で「物書き」として生活をしていくことは、さしてむずかしいことではありませんでした。人口は一億を超え、そのほとんどすべてが日本語を読むことができます。つまり基礎的な読書人口はかなり多いわけです。それに加えて日本経済は世界中が目を見張るほど好調で、出版界も活況を呈していました。株価は上昇の一途で、不動産も高騰（こうとう）して、世の中にお金がだぶついていますから、新しい雑誌が次々に創刊され、雑誌にはいくらでも広告が集まってきます。書き手としても原稿依頼には不自由しません。当時は「おいしい仕事」もたくさんありました。「世界中、どこでも好きなところに行って、いくらでも経費を使って、好きなように紀行文を書いてください」みたいな依頼もありました。知らない人から「このあいだフランスのシャトーをひとつ買ったので、そこに一年ばかり住んで、のんびり小説を書いてみませんか？」というゴージャスな申し出もありました（どちらも丁重にお断りしましたが）。今から思えば信じられないような時代です。小説家にとって主食とも言うべき小説自体はさほど売れなくても、そのようなおいしい「おかず」で十分生活していけたわけです。

しかしそれは四十歳を目の前にした（つまり作家としてとても大事な時期にある）僕にとって、歓迎すべき環境とは言えませんでした。「人心が乱れる」という表現がありますが、まさにそのとおりでした。社会全体がざわざわと浮ついていて、すぐお金の話になります。じっくり腰を据え、時間をかけて長編小説を書こうというような雰囲気じゃありません。こんなところにいたら、知らないうちにスポイルされてしまうかもしれない――そういう気持ちが次第に強くなってきました。もっと張りつめた環境に身を置いて、新しいフロンティアを切り拓（ひら）いていきたい。自分の新しい可能性を試してみたい。そう考えるようになりました。だからこそ僕は八〇年代後半に日本を離れ、外国を中心に生活するようになったわけです。

もうひとつ、日本国内における僕の作品や僕個人に対する風当たりがかなりきつかったということがあります。僕は基本的に「欠陥のある人間が欠陥のある小説を書いているんだから、まあなんと言われても仕方あるまい」という風に考えていますし、実際に気にしないようにして生きてきたのですが、それでも当時はまだ若かったし、そのような批判を耳にして、「それはあまりにも公正さを欠いた言い方ではあるまいか」と感じることはしばしばありました。私生活の部分にまで踏み込まれ、家族も含めて、事実ではないことを事実のように書かれ、個人攻撃されることもありました。どうしてそこまで言われなくてはならないんだろうと、（不快に思うよりはむしろ）不思議に感じたものですが。

それは今から振り返ってみれば、同時代日本文学関係者（作家・批評家・編集者など）の感じていたフラストレーションの発散のようなものではなかったのかという気がします。いわゆるメインストリーム（主流派純文学）が存在感や影響力を急速に失ってきたことに対する「文芸業界」内での不満・鬱屈（うっくつ）です。つまりそこではじわじわとパラダイムの転換がおこなわれていたわけです。しかし業界関係者にしてみれば、そういうメルトダウン的な文化状況が嘆かわしかったし、また我慢ならなかったのでしょう。そして彼らの多くは僕の書いているものを、あるいは僕という存在そのものを、「本来あるべき状況を損ない、破壊した元凶のひとつ」として、白血球がウィルスを攻撃するみたいに排除しようとしたのではないか——そういう気がします。僕自身は「僕ごときに損なわれるものなら、損なわれる方にむしろ問題があるだろう」と考えていましたが。

「村上春樹の書くものは所詮（しょせん）、外国文学の焼き直しであって、そんなものはせいぜい日本国内でしか通用しない」というようなこともよく言われました。僕は自分の書くものが「外国文学の焼き直し」だなんてちっとも思わなかったし、むしろ自分は、日本語のツールとしての新しい可能性を積極的に追求し模索しているつもりでいたので、「そう言うのなら、僕の作品が外国で通用するかしないか、ひとつ試してみようじゃないか」という挑戦的な思いは、正直言ってなくはありませんでした。僕は決して負けず嫌いな性格ではありませんが、納得のいかないことは納得がいくまでとことん確かめてみたいと思うところはあります。

それにもし外国を中心に活動できるようになれば、そういう日本国内のややこしい文芸業界と関わり合う必要性も少しは減ってくるかもしれません。何を言われても知らん顔で聞き流していればいい。僕にとってはそういう可能性もまた、「ひとつ海外でがんばってみよう」と思う要因になりました。考えてみれば、日本国内で批評的に叩かれたことが、海外進出への契機になったわけですから、逆に貶されてラッキーだったと言えるかもしれません。どんな世界でもそうですが、「褒め殺し」くらい怖いものはありません。

僕が外国で本を出していちばん嬉しかったのは、多くの人々（読者や批評家）が「村上の作品はとにかくオリジナルだ。他の作家が書くどんな小説とも違う」と言ってくれたことです。作品自体を評価するにせよ、しないにせよ、「この人は他の作家とは作風がまるで違う」という意見が基本的に大勢を占めていました。日本で受けた評価とはずいぶん違っていたので、それは本当に嬉しかった。オリジナルであるということ、僕自身のスタイルを持っているということ、それは僕にとってのなによりの賛辞なのです。

しかし海外で僕の作品が売れるようになると、というか売れていることがわかってくると、日本国内で今度は「村上春樹の本が海外で売れるのは、翻訳しやすい言葉で、外国人にもわかりやすい話を書いているからだ」と言われるようになってきます。僕としては「それじゃ、前と言ってることが真逆じゃないですか」といささかあきれてしまうんだけど、まあしょうがないですね。ただ風向きを測り、確かな根拠もなく気楽に発言する人が世の中には一定数いるんだと考えるしかありません。

だいたい小説というのは、あくまで身体(からだ)の内側から自然に湧(わ)き上がってくるものであって、そんなに戦略的にひょいひょい目先を変えていけるものではありません。マーケット・リサーチとかをやって、その結果を見て意図的に内容を書き分けられるものでもありません。たとえできたとしても、そのような浅い地点から生まれた作品は、多くの読者を獲得することはできません。もし一時的に獲得できたとしても、そんな作品や作家は長持ちすることもなく、ほどなく忘れられてしまうでしょう。エイブラハム・リンカーンはこんな言葉を残しています。「多くの人を短いあいだ欺(あざむ)くことはできる。少数の人を長く欺くこともできる。しかし多くの人を長いあいだ欺くことはできない」と。小説についても同じことが言えるだろうと僕は考えています。時間によって証明されること、時間によってしか証明されないことが、この世界にはたくさんあります。

話を元に戻します。

大手出版社クノップフから単行本が出され、系列会社であるヴィンテージからペーパーバック版が発売され、時間をかけてラインナップが整備されていくにつれて、アメリカ国内における僕の本の売り上げは徐々に、しかし着実に伸びていきました。新刊が出れば、ボストンやサンフランシスコといった都市の新聞のベストセラー・リスト上位に着実に食い込むようになりました。僕の本が出版されると、それを買って読んでくれる読者層が——日本の場合とだいたい同じような具合に——アメリカでも形成されていったわけです。

そして二〇〇〇年を過ぎて、作品で言えば『海辺のカフカ』（アメリカでは二〇〇五年に出版）のあたりから、僕の新刊は「ニューヨーク・タイムズ」の全米ベストセラー・リストに、あくまで末席からではありますが、顔を出すようになってきました。つまり東海岸・西海岸のリベラル傾向の強い大都市エリアだけではなく、内陸部をも含んで、僕の小説スタイルが全国的に受け入れられるようになってきたということです。『1Q84』（米出版二〇一一）がベストセラー・リスト（フィクション・ハードカバー）の二位になり、『色彩を持たない多崎つくると、彼の巡礼の年』（同二〇一四）が一位になりました。でもここまで来るにはずいぶん長い歳月を要しました。一発で派手にどんと当てたわけではない。ひとつひとつ作品を地道に積み重ね、ようやく地歩を固めることができたという感じです。またそれにつれて、ペーパーバックの旧作も活発に動くようになってきました。好ましい流れが作り出されたわけです。

でも最初の段階でより目立ったのは、アメリカ国内での動きよりは、むしろヨーロッパ市場における僕の小説の発行部数の増加でした。ニューヨークを海外出版のハブ（中軸）に置いたことが、どうやらヨーロッパでの売り上げの伸びに繋がったようでした。それは僕にも予測できなかった展開でした。正直なところ、ニューヨークというハブの持つ意味がそこまで大きいとは考えなかった。僕としてはただ「英語なら読める」という理由で、またたまたまアメリカに住んでいたという理由で、アメリカをとりあえずホーム・グラウンドに設定しただけなのですが。

アジア以外の国で、まず火がついたのはロシアや東欧で、それが徐々に西欧に移っていったという印象があります。一九九〇年代半ばのことです。実に驚くべきことですが、ロシアのベストセラー・リスト十位の半分くらいを僕の本が占めたこともあったと聞いています。

これはあくまで僕の個人的印象であり、確かな根拠・例証を示せと言われても困るのですが、歴史年表とつきあわせて振り返ると、その国の社会の基盤に何かしら大きな動揺（あるいは変容）があった後に、そこで僕の本が広く読まれるようになる傾向が世界的に見られたという気がします。ロシアや東欧地域で僕の本が急速に売れ始めたのは、共産主義体制の崩壊という巨大な地盤変化のあとでした。これまで確固として揺るぎなく見えた共産党独裁のシステムがあっけなく崩壊し、そのあとに希望と不安をないまぜにした「柔らかなカオス」がひたひたと押し寄せてくる。そのような価値観のシフトする状況にあって、僕の提供する物語が新しい自然なリアリティーのようなものを急速に帯び始めたのではないかと思うのです。

またベルリンの東西を隔てる壁が劇的に崩壊し、ドイツが統合国家となって少ししたあたりから、僕の小説はドイツでじわじわと読まれるようになったみたいです。そういうのはもちろんただの偶然の一致に過ぎないかもしれません。でも思うのですが、社会基盤・構造の大きな変更が、人々が日常的に抱いているリアリティーのあり方に強い影響を及ぼし、また改変を要求するというのは当然のことであり、自然な現象です。現実社会のリアリティーと物語のリアリティーは、人の魂の中で（あるいは無意識の中で）避けがたく通底しているものなのです。どのような時代にあっても、大きな事件が起こって社会のリアリティーが大きくシフトするとき、それは物語のリアリティーのシフトを、いわば裏打ちのように要求します。

物語というのはもともと現実のメタファーとして存在するものですし、人々は変動する周囲の現実のシステムに追いつくために、あるいはそこから振り落とされないために、自らの内なる場所に据えるべき新たな物語＝新たなメタファー・システムを必要とします。その二つのシステム（現実社会のシステムとメタファー・システム）をうまく連結させることによって、言い換えるなら主観世界と客観世界を行き来させ、相互的にアジャストさせることによって、人々は不確かな現実をなんとか受容し、正気を保っていくことができるのです。僕の小説が提供する物語のリアリティーは、そういうアジャストメントの歯車として、たまたまグローバルにうまく機能したのではないか——そんな気がしないでもありません。もちろんこれは、繰り返すようですが、僕の個人的な実感に過ぎません。しかしまったく的外れな意見でもないだろうと考えています。

そう考えれば、日本という社会は、そのような総体的ランドスライド（地滑り）を、欧米社会よりもむしろ早い段階で、ある意味では自明のものとして、自然に柔らかく察知していたのではないかという気もします。僕の小説は欧米よりも早く、日本で——少なくとも日本の一般読者に——積極的に受け入れられていたわけですから。それについては、中国や韓国や台湾といった東アジアのお隣の国々についても同じことが言えるかもしれません。日本以外でも、中国や韓国や台湾の読者たちはかなり早い段階から（アメリカやヨーロッパで認められる前から）、僕の作品を積極的に受け入れ、読んできてくれました。

それらの東アジアの国々においては欧米に先だち、社会的ランドスライドが人々のあいだで、既にリアルな意味を持ち始めていたのかもしれません。それも欧米のような「何か事件が起こって」という急激な社会的変動ではなく、時間をかけたよりソフトな地滑りとして。つまり経済的に急成長を遂げるアジア地域においては、社会的ランドスライドは突発事件ではなく、この四半世紀ほどに関して言えば、むしろ恒常的な継続状況であったということになるかもしれません。

もちろんそんな風に簡単に断言してしまうことにはいささか無理があるでしょうし、そこには他の要因も様々にあるはずです。しかし僕の小説に対するアジア諸国の読者の反応と、欧米諸国の読者の反応のあいだに少なからぬ相違が見受けられるのも、また確かです。そしてそれは「ランドスライド」に対する認識や対応性の相違に帰するところが大きいのではないかと思います。また更に言うなら、日本や東アジア諸国においては、ポストモダンに先行してあるべき「モダン」が、正確な意味では存在しなかったのではないかと。つまり主観世界と客観世界の分離が、欧米社会ほど論理的に明確ではなかったのではないかと。しかしそこまでいくと話が広がりすぎるので、その論議はまた別の機会に譲りたいと思います。

また、欧米諸国でブレークスルーできた大きな要因のひとつとして、何人かの優れた翻訳者に巡り合えたことが大きいと思います。まず八〇年代半ばに、アルフレッド・バーンバウムというシャイなアメリカ人の青年が僕のところにやってきて、僕の作品を気に入って、短いものをいくつか選んで翻訳しているのだがかまわないだろうかと尋ねました。それで「いいですよ。ぜひやってください」ということになり、そういう訳稿がだんだん溜（た）まってきて、時間はかかりましたが、何年か後に「ニューヨーカー」進出のきっかけになったわけです。『羊をめぐる冒険』『世界の終りとハードボイルド・ワンダーランド』『ダンス・ダンス・ダンス』も、「講談社インターナショナル」のためにアルフレッドが訳しました。アルフレッドは非常に有能で、意欲溢（あふ）れる翻訳者でした。もし彼が僕のところにそういう話を持ってこなかったら、自分の作品を英語に翻訳するなんて、その時点では思いつきもしなかったことでしょう。自分ではまだまだそういうレベルに達していないと考えていたので。

その後、プリンストン大学に招かれてアメリカに住んでいたときに、ジェイ・ルービンに出会いました。彼は当時ワシントン州立大学の教授で、後にハーヴァードに移ります。非常に優秀な日本文学の研究者で、夏目漱石のいくつかの作品の翻訳で知られていましたが、彼も僕の作品に興味を持ち、「できれば何かを訳してみたい。もし機会があれば声をかけてくれ」と言ってくれました。僕は「まず、気に入った短編小説をいくつか訳してみてくれますか」と彼に言いました。彼はいくつかの作品を選んで訳したのですが、とても立派な翻訳だった。何より面白いと思ったのは、彼とアルフレッドの選ぶ作品がまったく違っていたということです。両者は不思議なくらいバッティングしなかった。複数の翻訳者を持つというのは大事なことなんだなとそのときに痛感しました。

ジェイ・ルービンは翻訳者としてきわめて実力のある人で、彼が最新の長編小説『ねじまき鳥クロニクル』を訳してくれたことで、アメリカにおける僕のポジションはかなり確固としたものになったと思います。簡単に言えば、アルフレッドがどちらかといえば自由奔放な翻訳、ジェイは堅実な翻訳ということになります。それぞれにそれぞれの持ち味があったわけですが、アルフレッドはその頃自分の仕事が忙しくなって、長編小説の翻訳までは手が回らなくなっていたので、ジェイが現れたことは僕にとってすごくありがたかった。また『ねじまき鳥クロニクル』のような（僕の初期の作品に比べて）構造が比較的緻密な小説は、ジェイのようにあたまから正確に逐語的に訳してくれる翻訳者の方が、やはり向いていたと思います。それから彼の翻訳について僕が気に入っているのは、そこに巧まざるユーモアの感覚があることです。決して正確・堅実なだけではない。

それからフィリップ・ゲイブリエルがいて、テッド・グーセンがいます。彼らはどちらも腕利き（うでき）きの翻訳者で、やはり僕の書く小説に興味を持ってくれました。その二人とも、若い頃からのずいぶん長いつきあいになります。彼らはみんな最初、「あなたの作品を翻訳したいのだが」とか「既に翻訳をしてみたのだが」という風に接近してきてくれました。それは僕にとってはとてもありがたいことでした。彼らと巡り合い、パーソナルな繋がりを築くことによって、僕は得がたい味方を得たように思います。僕自身が翻訳者（英語→日本語）でもあるので、翻訳者の味わう苦労とか喜びとかは、我が事として理解できます。だから彼らとはできるだけ密に連絡を取るようにしているし、もし翻訳に関する疑問みたいなものがあれば喜んで答えます。条件的な便宜もできるだけはかるように心がけています。

やってみればわかるけれど、翻訳というのは本当に骨の折れる厄介な作業です。でもそれは一方的に骨の折れる厄介な作業であってはならない。そこにはお互いギブアンドテイクのような部分がなくてはなりません。外国に出て行こうとする作家にとって、翻訳者は何より大事なパートナーになります。自分と気の合う翻訳者を見つけるのが大事なことになります。優れた能力を持つ翻訳者であっても、テキストや作者と気持ちが合わないと、あるいは持ち味が馴染(なじ)まないと、良い結果は生まれません。お互いにストレスが溜まるだけです。そしてまずテキストに対する愛がなければ、翻訳はただの面倒な「お仕事」になってしまいます。

もうひとつ、あえて僕が言い立てるまでもないのでしょうが、外国では、とくに欧米では、個人というものが何より大きな意味を持ちます。何ごとによらず、誰かに適当にまかせて「じゃあ、あとはよろしくお願いします」ではなかなかうまくいきません。ひとつひとつの段階で、自分で責任をとり決断していかなくてはならない。これは手間暇かかることですし、ある程度の語学力も必要になります。もちろん文芸エージェントが基本的なことはやってくれますが、彼らも仕事が忙しいし、正直言ってまだ無名の作家、あまり利益にならない作家のことまでは十分手が回りません。だから自分のことはある程度自分で面倒をみなくてはならない。僕も日本ではまずまず名前を知られていたけれど、外国マーケットでは最初はもちろん無名の存在でした。業界の人や一部の読書人を別にすれば、一般のアメリカ人は僕の名前なんか知らなかったし、正確に発音もできなかった。「ムラカミ」とか言われていました。でもそのことで逆に意欲をかきたてられたところはあります。この未開拓のマーケットで、白紙状態からどれだけのことができるか、とにかく体当たりでやってみようじゃないかと。

　さきほども申し上げましたように、好景気に沸く日本に留まっていれば、『ノルウェイの森』を書いたベストセラー作家（と自分で言うのもなんですが）として、仕事の依頼は次々にありますし、その気になれば高い収入を得ることもむずかしくありません。でも僕としてはそういう環境を離れ、自分が一介の（ほとんど）無名の作家として新参者として、日本以外のマーケットでどれくらい通用するかを確かめてみたかった。それが僕にとっての個人的なテーマになり目標になりました。そして今にして思えば、そういう目標をいわば旗印として掲げられたのは、僕にとって善きことであったと思います。新しいフロンティアに挑もうという意欲を常に持ち続ける――それは創作に携わる人間にとって重要なことだからです。ひとつのポジション、ひとつの場所（比喩的な意味での場所です）に安住していては、創作意欲の鮮度は減衰し、やがては失われます。僕はちょうど良い時に良い目標、健全な野心を手にすることができたということになるかもしれません。

　僕は性格的に、人前に出て何かをするのが得意ではありませんが、外国ではそれなりにインタビューも受けますし、何かの賞をいただければセレモニーに出てスピーチなんかもします。朗読会も講演みたいなものも、ある程度引き受けます。そんなに数多くではありませんが——僕は海外でも「あまり人前に出ない作家」という評判が定着しているみたいです——僕なりにがんばって、自己の枠組みを少しでも押し広げ、外に顔を向けるようにしています。それほどの会話力もありませんが、できるだけ通訳なしに自分の意見を自分の言葉で語るように心がけています。日本ではそういうことは、特別な場合を除いてまずやりません。だから「外国でばかりサービスしている」「ダブル・スタンダードだ」と非難されたりもします。

でも言い訳するのではありませんが、僕が海外でできるだけ人前に出るように努めているのは、「日本人作家としての責務」をある程度進んで引き受けなくてはならないという自覚をそれなりに持っているからです。前にも述べましたように、バブル時代に海外で暮らしていたとき、日本人が「顔を持たない」ことでしばしば淋しい、味気ない思いをしました。そういうことがたび重なると、海外で生活する多くの日本人のためにも、また自分自身のためにも、こういう状況は少しでも変えていかなくてはと、自然に考えるようになります。僕はとくに愛国的な人間ではありませんが（むしろコスモポリタン的な傾向が強いと思います）、外国に住んでいると、好むと好まざるとにかかわらず自分が「日本人作家」であることを意識せざるを得ません。まわりの人々はそういう目で僕を捉えますし、僕自身もそういう目で自分を見るようになります。そしてまた「同胞」という意識も知らず知らず生まれます。思えば不思議なものです。日本という土壌から、その固い枠組みから逃れたくて、いわば「国外流出者（エクスペイトリエイト）」として外国にやってきたのに、その結果、元ある土壌との関係性に戻っていかざるを得ないわけですから。

　誤解されると困るのですが、土壌そのものに戻るということではありません。あくまでその土壌との「関係性」に戻るということです。そこには大きな違いがあります。外国暮らしから日本に戻ってきて、一種の揺り戻しというか、妙に愛国的（ある場合には国粋的）になる人を時折見かけますが、僕の場合はそういうのではありません。自分が日本人作家であることの意味について、そのアイデンティティーの在処（ありか）について、より深く考えるようになったというだけです。

　僕の作品は今のところ五十を超える言語に訳されています。これはずいぶん大きな達成であると自負しています。それはとりもなおさず、いろんな文化のいろんな座標軸の上で作品が評価されているということですから。僕は一人の作家としてそのことを嬉しく思うし、また誇りにも感じています。でも「だから僕のやってきたことは正しかったんだ」という風には考えませんし、そんなことを口にするつもりもありません。それはそれ、これはこれです。僕はいまだに発展の途上にある作家だし、僕にとっての余地というか、「伸びしろ」はまだ（ほとんど）無限に残されていると思っているからです。

それでは、どこにそのような余地があるとおまえは思うのか？

その余地は自分自身の中にあると僕は思っています。まず日本で僕は作家としての地歩を築き、それから海外に目を向け、読者の層を広げました。そしてたぶんこの先、僕は僕自身の内部に降りていって、そこをより深く遠くまで探っていくことになるだろうと思います。それが僕にとっての新しい未知の大地となり、おそらくは最後のフロンティアとなることでしょう。

そのフロンティアがうまく有効に切り拓けるかどうか、それは僕にもわかりません。しかし繰り返すようですが、何かしらの旗印を目標として掲げられるというのは素晴らしいことです。たとえ何歳になろうが、たとえどんなところにいようが。

第十二回　物語のあるところ

——河合隼雄先生の思い出

僕は誰かのことを「＊＊先生」という風に、先生づけで呼ぶことってまずないんですが、河合隼雄さんだけは、いつもつい「河合先生」と呼んでしまいます。「河合さん」とはあまり言いません。なぜだろうとよく不思議に思うんですが、結局のところ河合先生は「河合隼雄」という生身の人間と、「河合先生」という社会的役柄を持つ人格とを、とてもうまく使い分けておられた。そういう印象があります。

河合先生とは何度もお目にかかって、親しく話もしているのですが、それでも僕にとって河合隼雄さんはあくまで「河合先生」であり、最後までそのスタンスは崩れませんでした。言い換えれば僕らは基本的に「小説家」と「心理療法家」というそれぞれのコスチュームを脱ぐことはなかった――そういうことになると思います。でもそれは他人行儀というのではなく、むしろそういう方が、そういう枠みたいなものがあった方が、お互い率直に、腹を割って話しやすかったからじゃないかと思うんです。そこにはまたプロフェッショナルとしての自然な緊張感みたいなものもありました。

緊張感といっても、それは何かしらすがすがしい、実のある緊張感でした。

ですからここでも、そのような心地よい緊張感を維持しながら、河合隼雄さんのことを「河合先生」と呼ばせていただきます。うちに帰って、社会的役柄なんてさっさと脱ぎ捨てて、ただのそのへんの一人のおっさんになられた河合さんの姿にも興味はありますが、まあそれはそれとして。

僕が河合先生に初めて会ったのは一九九四年、今から二十年ほど前のことです。そのとき河合先生はプリンストン大学に客員研究員として所属しておられました。僕はその前の学期までプリンストン大学におりまして、ちょうど入れ違いに河合先生が来られたわけです。僕はその時点ではボストン近郊にあるタフツ大学に移って、そこで日本文学のクラスをもっていました。

プリンストンには二年半滞在しており、親しい知り合いや友人もけっこうできていたので、そういう人たちに会うために、ときどき車を運転してプリンストンを訪れることがあり、河合先生にお目にかかる機会を得ました。ただ申し訳ないのですが、僕はその時点では河合先生がどういう方なのか、よく存じ上げなかったんです。僕はそれまで心理療法とか精神分析とか、そういうことにほとんど興味がなく、河合先生の著書も一冊も読んでいませんでした。うちの家内は河合先生のファンで、先生の書かれた本を熱心に読んでいたみたいですが、うちの夫婦の本棚というのはくっきり二つに分かれていて、内容もぜんぜん違いますし、昔の東西ベルリンみたいにまったく行き来がありません。ですから彼女が河合先生の本をそんなに読んでいるなんて、そのときまでまったく知りませんでした。

でも彼女が「あえて本を読む必要はないけど、もし会えるのならこの人とは会っておいた方がいい。きっと良い結果が生まれるから」と力説するので、僕も「それなら」ということでお目にかかることになりました。

彼女が僕に「あえて本を読む必要はないけど」と言ったのはたぶん、小説家というのは分析的な種類の本はなるたけ読まない方がいいんじゃないかと考えたからだと思います。僕もその意見には基本的には賛成です。そんなわけで、ここだけの話ですが、僕はいまだに河合先生の本をほとんど読んでいません。僕が読んだのは、先生の書かれたユングの評伝と、岩波新書から出ている『未来への記憶』という自伝的な語り下ろしの作品だけです。ちなみにカール・ユングの著作も、まだ一冊もきちんと読んだことはありません。

僕は思うんですが、小説家の役目はテキストを――できるだけ優れたテキストを

――パブリックに提供することにあります。テキストはひとつの「総体」、ひとかたまりとして機能するもの、いわばブラックボックスです。読者にはそれを受け取って、自分の好きなように捌き、咀嚼する権利があります。それがもし読者の手に渡る前に、著者によって捌かれ、咀嚼されてしまったら、テキストとしての意味が大きく損なわれてしまいます。だからたぶん僕はユングからも、河合先生の著作からも、意識して距離を置いてきたのだと思います。ある意味では感覚的に「近すぎる」と感ずるところがあるからこそ、いわば「敬して遠ざけ」てきたのかもしれません。小説家にとって、自分で自分を分析し始めるくらい不都合なことはありませんから。

*

とにかくプリンストン大学で、僕は初めて河合先生にお目にかかりました。まず二人だけで三十分ほど話したのですが、初対面の印象は「ずいぶん無口で暗い感じの人だな」というものでした。いちばんびっくりしたのはその目でした。目が据わっているというか、なんとなくどろんとしているんです。奥が見えない。これは、言い方はちょっと悪いかもしれませんが、尋常の人の目じゃないと僕は感じました。何かしら重い、含みのある目です。

僕は小説家ですので、人を観察するのが仕事です。細かく観察し、とりあえず簡単にプロセスはしますが、判断はしません。判断は本当にそれが必要になるときまで保留しておきます。ですからこのときも僕は、河合先生がどういう人かというような判断はしませんでした。その不思議な目のあり方を、ひとつの情報として記憶に留めただけです。

そしてこのとき、河合先生は自分からはほとんど発言をされませんでした。ただ僕の話をじっと聞き、相づちをうち、そうしながら目の奥で何かを考えておられるようだった。僕ももともと熱心に話をする方ではないので、その時間は会話よりは総じて沈黙の方が多くを占めていたような気がするんですが、先生はそういうこともあまり気にされていない様子でした。とにかく一風変わった出会いでした。とくに僕がよく記憶しているのは、その不思議な眼光です。これは今でもちょっと忘れられません。

でもその翌日、二度目にお目にかかったとき、河合先生は打って変わったように快活で上機嫌で、ひっきりなしに冗談を口にされていました。顔つきもがらりと明るくなり、その目にはまるで子供の目のように澄んだ奥行きがありました。話もはずみました。一晩でこれくらい人は変われるものなのか、とあきれるくらいです。それで僕にも「ああ、昨日はこの人はきっと意識的に、自分を受動体勢に置いていたんだな」とわかったわけです。おそらく自分を殺してというか、自分を無に近づけ、相手の

「ありよう」をテキストとして、あるがままに吸い込もうとしておられたのでしょう。

それがわかったのは、僕自身ときどき同じようなことをするからです。とくにインタビューをしているときには、集中して相手の言葉に耳を傾け、自分の意識の流れみたいなものを消してしまいます。そういう切り替えがうまくできないと、真剣に人の話を聞くことはできないんです。僕はその何年かあと『アンダーグラウンド』という地下鉄サリン事件を扱った本を書くにあたって、そういうインタビューの作業を一年間とおして続けましたが、そのとき「ああ、これは河合先生があのときやっていたのと同じことなんだな」とあらためて思いました。そういう意味では、河合先生のお仕事と僕らがやっている仕事とは、重なる部分が少しあるのかもしれません。

それで二度目に会ったときには、河合先生は僕の話すことに積極的に反応され、質問にもきちんと答えてくださいました。話をしていてとても面白かった。たぶん「受容」（reception）から「交換」（interchange）へと、河合先生の側でモードが転換されたということなんだと思います。それからあとは、僕らはごく普通に、自由にいろんなことを話し合うようになりました。たぶんそれは僕が河合先生の「基準」をいちおうクリアしたということなんだろうと（厚かましいようですが）僕としては解釈しています。

それ以来ときどき河合先生から連絡があり、「どうですか、メシでも食いませんか」みたいな誘いを受けて、あちこちで親しくお話をさせていただきました。いつも和気藹々（わきあいあい）とした愉快な会話で、もちろんずいぶん教えられるところもあったんですが、どんなことを話したのか、内容はよく覚えていません。記録しておけばよかったんですが、お酒を飲みながら気持ちよく話しているんで、話すそばから忘れてしまいます。しょうがないです。僕が今でもよく覚えているのは、先生がいつも口にされるしょうもない駄洒落（だじゃれ）ばっかりで。たとえばこんなものです。

「僕が小渕総理が主宰する会議の座長をしている時、ある日、なんか用事があったんでしょうな、小渕さんがちょっと遅れてきはったんです。それでほかの委員がみんな揃（そろ）って部屋で待っているところに、遅れてすみません、すみません言うて、丁寧に謝りながら入ってきはりました。けど、総理大臣いうのは偉いもんですなあ。僕は感心したんですが、英語で謝りながら入ってきはるんですわ。アイム・ソーリ、アイム・ソーリいうて」（場内爆笑）

河合先生の駄洒落というのは、言ってはなんですが、このように実にくだらないのが特徴でした（笑）。いわゆる「悪い意味でのおやじギャグ」です。こうして僕が引用して話すとみなさんお笑いになりますが、一対一で面と向かってこんなこと急に言われたら、なかなか笑うに笑えません（笑）。

しかし僕は思うんですが、それはそもそもできるだけくだらないものでなくてはならなかったんです。そうでなくては意味がなかった。駄洒落を言うことは河合先生にとっては、いわば「悪魔祓い」のようなものだったのではないかと僕は考えています。河合先生は臨床家としてクライアントと向かい合うことで、多くの場合、魂の暗い奥底までその人と一緒に降りていきます。それは往々にして危険を伴う作業になります。ひょっとしたら帰りの道筋がわからなくなり、そのまま暗い場所に沈みっぱなしになってしまうかもしれません。そういう力業の作業を日々、お仕事として続けておられます。そのような場所で糸くずのように身体にべったり絡みついてくる「闇の気配」を振り払うためには、できるだけしょうもない、ナンセンスな駄洒落を口にしないわけにはいかなかった。僕は先生のゆるい駄洒落を耳にするたびに、そういう感触を持ちました。いわば「毒消し」です。あるいはいささか好意的に過ぎる解釈かもしれませんが（笑）。

ちなみに僕にとっての「悪魔祓い」は走ることです。もう三十年ほど走り続けているんですが、毎日外に出て一人で走ることで、僕は小説を書くことで絡みついてくる「闇の気配」をふるい落としている気がします。ゆるい駄洒落を連発するよりは比較的害が少ないんじゃないかと、ひそかに思っておりますが（笑）。

僕らがたびたび会って話をして、でも何を話したかほとんど覚えていないと、さきほど申し上げましたが、実を言えば、それはそれでいいんじゃないかと僕は思っているんです。そこにあったいちばん大事なものは、何を話したかよりはむしろ、我々がそこで何かを共有していたという「物理的な実感」だったという気がするからです。

我々は何を共有していたか？　ひとことで言えば、物語というコンセプトだったと思います。物語というのはつまり人の魂の奥底にあるものです。人の魂の奥底にあるべきものです。魂のいちばん深いところにあるからこそ、それは人と人とを根元でつなぎ合わせることができるんです。僕は小説を書くために、日常的にその深い場所に降りていきます。河合先生は臨床家としてクライアントと向き合うことによって、やはり日常的にそこに降りていきます。河合先生と僕とはたぶんそのことを「臨床的に」理解し合っていた——そういう気がします。言葉にはあえて出さないけれど、犬と犬とが匂いでわかりあうみたいに。もちろんこれは僕だけの勝手な思い込みかもしれません。しかしそれに近い何かしらの共感があったはずだと、僕は今も感じています。

僕がそのような深い共感を抱くことができた相手は、それまで河合先生以外には一人もいなかったし、実を言えば今でも一人もいません。「物語」という言葉は近年よく口にされるようになりました。しかし僕が「物語」という言葉を使うとき、僕がそこで意味することを、本当に言わんとするところを、そのまま正確なかたちで、総体として受け止めてくれた人は、河合先生以外にはいなかった。そういう気がします。そして大事なことは、僕の投げたボールが相手にしっかり両手で受け止められている、隈無く理解されているという感触がこちらにありありとフィードバックされてきたことです。そういう手応えは、僕にとって何より嬉しいことであり、励ましになることでした。自分のやっていることは決して間違っていないんだと、肌で実感できたわけです。

こんなことを言うといささか問題がありそうですが、僕はこれまでのところ、それに匹敵する確かな励ましの手応えみたいなものを、文学の領域において、文芸の世界において得たことは一度もありません。それは僕にとってはいささか残念なことであり、不思議なことでもあり、もちろん悲しいことでもあります。まあそのぶん、河合先生が専門分野みたいなものを超えて、優れて大柄な方であったということになるわけですが。

最後になりますが、河合先生のご冥福(めいふく)をお祈りしたいと思います。そしてこの河合隼雄賞が長く続く、意味のある賞になることを祈っています。先生には本当にもう少しでも、一日でも長く生きていていただきたかったんですが。

あとがき

本書に収められた一連の原稿をいつ頃から書き始めたのか、はっきりとは覚えていないのだが、たぶん五、六年前のことだったと思う。自分が小説を書くことについて、こうして小説家として小説を書き続けている状況について、まとめて何かを語っておきたいという気持ちは前々からあり、仕事の合間に暇を見つけては、そういう文章を少しずつ断片的に、テーマ別に書きためていた。つまりこれらは出版社から依頼を受けて書いた文章ではなく、最初から自発的に、いわば自分自身のために書き始めた文章だということになる。

最初のいくつかの章は通常の文体で——たとえば今こうして書いているような文体で——書いていたのだけれど、書いたものを読み返してみると、文章の流れがいくぶん生硬というか、とんがっているというか、もうひとつうまく気持ちに馴染まなかった。それで試しに、人々を前にして語りかけるような文体で書いてみると、わりにすらすらと素直に書ける（しゃべれる）感触があり、それならと、講演原稿を書くつもりで全体の文章を統一してみることにした。小さなホールで、だいたい三十人から四十人くらいの人が僕の前に座っていると仮定し、その人たちにできるだけ親密な口調で語りかけるという設定で書き直したわけだ。しかし実際には、これらの講演原稿を人前で声に出して読む機会はなかった(最後の河合隼雄先生に関する章だけは、現実に京都大学の講堂で、千人ほどの人を前に語ったけれど)。

どうして講演をしなかったのか? まずだいいちに自分について、また自分が小説を書くという作業について、こんな風に正面から堂々と語ってしまうことがいささか気恥ずかしかったからだ。僕には、自分が書く小説についてあまり説明したくないという思いが、わりに強くある。自作について語ると、どうしても言い訳をしたり、自慢したり、自己弁護をしたりしてしまいがちになる。そうするつもりはなくても、結果的にそう「見えてしまう」ところがある。

まあ、いつかは世間に向けて語る機会もあるだろうが、まだ時期的に少々早すぎるかもしれない。もう少し年齢をかさねてからでいいだろう。そう思って、抽斗(ひきだし)に放り込んだままにしておいた。そしてときどき引っ張り出しては、あちこち細かく書き直した。僕を取り巻く状況——個人的状況、社会的状況——も少しずつ変化していくし、それにあわせて僕の考え方や感じ方も変わっていく。そういう意味では、最初に書いた原稿と、今ここにある原稿とでは、雰囲気やトーンがけっこう違ってきているかもしれない。でもそれはそれとして、僕の基本的な姿勢や考え方はほぼまったく変わらない。考えてみたら、僕はデビューした当時から、ほとんど同じことばかり繰り返し述べているような気がするくらいだ。三十年以上前の自分の発言を読んで、「なんだ、今言っていることとまるで同じじゃないか」と自分でも驚いてしまう。

というわけで本書では、これまで僕がいろんなかたちで書いたり語ったりしてきたことが、（少しずつ姿かたちは変えられているにせよ）繰り返し述べられることになると思う。「それって、前にどっかで読んだよ」と思われる読者も多いかもしれないが、その点はどうかお許し願いたい。このように今回、これらの「語られざる講演録」を文章のかたちで出したのは、これまであちこちで述べてきたことを、系統的にひとところに収めたいという意味合いもあったからだ。小説を書くことに関する、僕の見解の（今のところの）集大成みたいなものとして読んでいただければと思う。

本書の前半部は、二〇一三年から二〇一五年にかけて雑誌「MONKEY」に連載された。たまたま柴田元幸さんが「MONKEY」を新雑誌として起ち上げ（新感覚のパーソナルな文芸誌だ）、「何か書いてくれませんか?」という依頼があった。それで

「いいですよ」と、短編小説を一本渡したのだけど（ちょうどうまく、書き上げたばかりの作品があったので）、ついでにふと思い出して、「そういえば、私的講演録みたいなものの手持ちもあるんだけど、もしスペースがあったら連載させてくれませんか？」と持ちかけてみた。

そのようにして最初の六章ぶんが、「MONKEY」に毎号掲載されることになった。机の中に眠っていたものを毎号渡すだけだったので、これは実のところ格段に楽な仕事だった。章は全部で十一章ぶんあったので、前半の六章は雑誌掲載、後半の五章は書き下ろし収録ということになった。そこに河合隼雄先生についての講演原稿を付け加え、全部で十二章の構成になった。

本書は結果的に「自伝的エッセイ」という扱いを受けることになりそうだが、もともとそうなることを意識して書いたわけではない。僕としては、自分が小説家としてどのような道を、どのような思いをもってこれまで歩んできたかを、できるだけ具象的に、実際的に書き留めておきたいと思っただけだ。とはいえもちろん、小説を書き続けるということは、とりもなおさず自己を表現し続けることであるのだから、書くという作業について語り出せば、どうしても自己というものについて語らないわけにはいかない。

本書が小説家を志す人々のためのガイドブック、案内書になりうるかどうか、正直言ってそこまでは僕にもよくわからない。というのは、僕はあまりにも個人的な考え方をする人間であって、僕のものの書き方や生き方にいったいどれほどの一般性・汎用性があるのか、自分でもうまくつかめないからだ。小説家どうしのつきあいもほとんどないので、他の作家の方がどのような書き方をされているかもよく知らないし、従って比較することもできない。僕はこのような書き方でなくては書けないから、とにかくそうやって書いているというだけのことであって、それが小説を書くためのいちばん正しいやり方だと主張しているわけでは決してない。僕の方法の中には一般化できるものもあれば、一般化するのはちょっと無理があるかもしれないというものもあるだろう。当たり前のことだが、百人の作家がいれば、百通りの小説の書き方がある。そのへんのことは、みなさんが各自見きわめて、適正に判断していただければと思う。

ただひとつ理解していただきたいのは、僕は基本的には「ごく普通の人間」であるということだ。たしかに小説を書く資質みたいなものはもともといくらか具わっていたのだろうと思う（まったくなければこれだけ長くは小説を書き続けられないから）。しかしそれを別にすれば、自分で言うのもなんだけど、僕はどこにでもいる普通の人間だ。街を歩いていても目立たないし、レストランではたいていひどい席に案内される。もし小説を書いていなかったら、誰かにとくに注目されるようなこともなかっただろう。ごく当たり前に、ごく当たり前の人生を送っていたはずだ。僕自身、日常生活の中で、自分が作家だという事実を意識することはほとんどない。

でもたまたま小説を書くために資質を少しばかり持ち合わせていて、幸運みたいなものにも恵まれ、またいくぶん頑固な（よく言えば一貫した）性格にも助けられ、三十五年あまりこうして職業的小説家として小説を書き続けている。そしてその事実はいまだに僕自身を驚かせている。とても深く驚かせる。僕がこの本の中で語りたかったのは、要するにその驚きについてであり、その驚きをできるだけピュアなままに保ちたいという強い思い（たぶん意志と呼んでもいいだろう）についてである。僕のこの三十五年間の人生は結局のところ、その驚きを持続させるための切々たる営みであったのかもしれない。そんな気がする。

最後にお断りしておきたいのだが、僕は純粋に頭だけを使ってものを考えることが得意ではない人間である。ロジカルな論考や、抽象的思考にあまり向かない。文章を書くことによってしか、順序立ててものを考えられない。フィジカルに手を動かして文章を書き、それを何度も何度も読み返し、細かく書き改めることによってようやく、自分の頭の中にあることを人並みに整理し、把握していくことができる。そのようなわけで僕は歳月をかけて、本書に収められたこれらの文章を書きためることによって、またそれに何度も手を入れることによって、小説家である僕自身について、また自分が小説家であることについて、あらためて系統的に思考し、それなりに俯瞰(ふかん)することができたように思う。

そのような、ある意味では身勝手で個人的な文章——メッセージというよりはむしろ思惟(しい)の私的プロセスのようなものかもしれない——が、読者のみなさんのためにどれほどお役に立てるかは、僕自身にもよくわからない。わずかなりとも、何か現実のお役に立てればとても嬉(うれ)しいのだが。

二〇一五年六月

村上春樹

本書は平成二十七（二〇一五）年九月、スイッチ・パブリッシングより刊行された。第一回から第六回までは雑誌「MONKEY」vol.1〜vol.6（平成二十五〜二十七年）に連載され、第十二回は平成二十五年五月六日に行われた講演会「村上春樹　公開インタビュー　in　京都―魂を観る、魂を書く―」の講演原稿をもとに、「考える人」平成二十五年夏号に掲載された。他はすべて単行本刊行時に書き下ろされた。

和田誠
村上春樹 著

ポートレイト・イン・ジャズ

青春時代にジャズと蜜月を過ごした二人が、それぞれの想いを託した愛情あふれるジャズ名鑑。単行本二冊に新編を加えた増補決定版。

村上春樹 著

村上春樹 雑文集

デビュー小説『風の歌を聴け』受賞の言葉から伝説のエルサレム賞スピーチ「壁と卵」まで、全篇書下ろし序文付きの69編、保存版！

小澤征爾
村上春樹 著

小澤征爾さんと、音楽について話をする
小林秀雄賞受賞

音楽を聴くって、なんて素晴らしいんだろう……世界で活躍する指揮者と小説家が、「良き音楽」をめぐって、すべてを語り尽くす！

カポーティ
村上春樹 訳

ティファニーで朝食を

気まぐれで可憐なヒロイン、ホリーが再び世界を魅了する。カポーティ永遠の名作がみずみずしい新訳を得て新世紀に踏み出す。

サリンジャー
村上春樹 訳

フラニーとズーイ

どこまでも優しい魂を持った魅力的な小説……『キャッチャー・イン・ザ・ライ』に続くサリンジャーの傑作を、村上春樹が新訳！

C・マッカラーズ
村上春樹 訳

結婚式のメンバー

多感で孤独な少女の姿を、繊細な筆致と音楽的文章で描いた米女性作家の最高傑作。村上春樹が新訳する《村上柴田翻訳堂》シリーズ。

職業（しょくぎょう）としての小説家（しょうせつか）

新潮文庫　む－5－37

平成二十八年十月一日発行
令和六年九月二十日四刷

著者　村上春樹（むらかみはるき）
発行者　佐藤隆信
発行所　株式会社新潮社

郵便番号　一六二－八七一一
東京都新宿区矢来町七一
電話　編集部(〇三)三二六六－五四四〇
　　　読者係(〇三)三二六六－五一一一
https://www.shinchosha.co.jp

価格はカバーに表示してあります。

乱丁・落丁本は、ご面倒ですが小社読者係宛ご送付ください。送料小社負担にてお取替えいたします。

印刷・錦明印刷株式会社　製本・錦明印刷株式会社

ISBN978-4-10-100169-2 C0195